언제나
청춘으로 살기

언제나 청춘으로 살기

펴 낸 날 2019년 12월 24일

지 은 이 장두식
펴 낸 이 이기성
편집팀장 이윤숙
기획편집 정은지, 한솔, 윤가영
표지디자인 윤가영
책임마케팅 강보현, 류상만
펴 낸 곳 도서출판 생각나눔
출판등록 제 2018-000288호
주   소 서울 잔다리로7안길 22, 태성빌딩 3층
전   화 02-325-5100
팩   스 02-325-5101
홈페이지 www.생각나눔.kr
이 메 일 bookmain@think-book.com

• 책값은 표지 뒷면에 표기되어 있습니다.
  ISBN 979-11-7048-018-1(03810)

• 이 도서의 국립중앙도서관 출판 시 도서목록(CIP)은 서지정보유통지원시스템 홈페이지
  (http://seoji.nl.go.kr)와 국가자료공동목록시스템(http://www.nl.go.kr/kolisnet)에서
  이용하실 수 있습니다(CIP제어번호: CIP2019051221).

언제나
청춘으로
살기

건강하고 행복하게
나이들어가는 법에 대한
자기관리 에세이

장두식

생각나눔

이번 책은 교과서 같이 형식에 구애받지 않고 자유로이 썼기에 읽는 데 지루하지 않고 재미있는 부분도 있을 거라 솔직히 자부하며 써 내려간다.

　주위의 어르신들 나에게 몇 살이냐고 물어볼 때 67세라고 대답하면 "참~ 좋은 나이다."라고 얘기하신다. 실지 내가 60살부터 시작한 것이 많다. 소소하게 적어보면 대중스피치, 하모니카, 마술(매직), 기타, 장구, 저글링, 아코디언, 색소폰, 유튜브 올리기, 책 쓰기 등등 있다. 시작하게 된 동기는 어르신들에게 봉사하고자 하는 마음이었다. 이 마음이 없었다면 시작도 안 하고 예전에 아주 좋아하던 바둑을 취미로 즐기며 살아갈지도 모른다. 하지만 어렸을 때 우리 형제가 물에 빠져 죽기 직전 남의 도움으로 기적적으로 살아났던 기억 때문에 내 생활의 안정보다도 이제 봉사를 더 이상 늦출 수 없기에 결단을 내려 경로당, 복지관, 요양원을 다니며 수업을 하게 되었다. 수업 내용도 그저 밋밋한 내용보다는 화려하고 재미있는 프로그램을 개발하고자 7년 전부터 나 자신과의 노력으로 일관했다. 그리고 나의 노래 실력은, 주변의 나를 아는 사람은 다 알지만, 오랜 세월 노력했지만 잘 부른다는 소리를 듣지 못했기에 대신 악기에 목숨을 걸고 도전 중이다.

남들이야 무모하고 어렵다고 생각하면서 하나라도 제대로 하라는 걱정을 한다. 주변 사람들이 안정되지 않는 생활을 하는 나에게 곱지 않은 시선을 주기도 하지만, 내 죽기 전에 하고 싶은 것은 다 하고 싶다. 그래서 기적 같은 이야기 나의 이야기를 한다면 특별한 내용을 선물할 것이다. 배우고자 하는 사람은 배우는 즐거움을 알게 되니까 배울 때는 미쳐야 한다는 말이 맞는 것 같다. 그야말로 하루가 배움에서 시작해 배움으로 끝나는 일과가 재미있어 저녁에 잠자리 들 때는 빨리 내일이 왔으며 하는 설렘으로 지샌다. 모든 것이 뒤늦게 배우는 것이라 일찍 알았더라면 더욱 즐거운 삶을 지낼 수 있었다는 아쉬움도 있지만, 지나간 일이라 후회도 없다. 만약 현재 40~50대라면 무엇을 할까? 결국, 내 인생은 돌고 돌아 나이 60세에 철이 든 것이다. 나름 봉사하겠다고 생각하고 남들 앞에서 떨지 않게 얘기하고 싶어 스피치 학원에 다니면서 우연히 하모니카로 시작하여 어려운 여러 악기에 도전하며 배우기 시작했다. 배움에 중독된 나는 누구보다도 치열하게 하루를 보냈고, 그 얘기를 쓰고 싶다.

회사 다닐 때나 개인적인 일을 하다가 일을 접을 나이가 되어 퇴직 후 3개월이 지나 연락하는 사람이 없으면 '그동안에 얼마나 인간관계를 엉망으로 해서 그럴까?' 하는 회의감에 빠지는 사람들이 의외로 많다. 퇴직하고 악기를 배우려고 교습소나 동호회를 찾고, 그곳에서 다양한 분들과 어울리며 삶을 배운다. 신체 건강은 물론 치매 예방에도 크게 도움이 되고 비교적 쉽게 배울 수 있는 하모니카로 평소 갈고 닦은 실력을 유감없이 뽐내는 것도 좋겠지만, 오늘 하루를 즐긴다는 편안한 마음과 자세로 공부하면 좋겠고 사회활동을 하면서,

첫째는 젊은이와 경쟁을 하지 않는다. 진도가 더디어도 그러려니 하고 천천히 나간다.

둘째, 여러 기술을 배우기에 늦지 않았다. 나이는 숫자에 불과하다.

셋째, 나를 강조하기보다 나누고 또 나눠라. 그러기 위해서는 상대방을 언제나 배려해야 한다.

넷째, 감사하는 마음을 잊지 말자. 나는 함께 있어 주는 사람이 있음에 감사하고 겸손하도록 행동한다. 모든 것이 즐거워 큰 소리로 웃을 수 있는 하루가 행복이다.

내가 강의를 할 때 당신이 좋아하는 것과 잘하는 것 꼭 두 가지만 기억한다면 한 단계 성장할 수 있다고 용기를 준다.

이번 책은 세 번째 책으로, 처음의 책은 『노래하는 인생』(생각나눔 출판사) 두 번째 책은 『건강과 행복을 지키는 요양보호사』(밥북 출판사)

였다. 책이 나올 때마다 '아차! 이런 얘기가 들어갔어야 하는데…' 하는 아쉬움이 남을 때가 한두 번이 아니다.

꿈을 이룬 사람만 행복한 것이 아니라 꿈을 꾸는 사람도 행복할 수 있으니 꿈을 꾸는 과정에서 행복을 찾으라는 메시지의 얘기를 쓰고 싶다.

이 책이 나오기까지 수고하신 생각나눔 출판사 직원들에게 깊은 감사를 전합니다.

제1장
일단
시작하자

일단 뭐든지 지금 시작하자

'자기가 직접 미래의 시나리오를 쓰면 정말로 실현이 된다.'

과거와 미래에 대해 지금까지 꿈꿔온 것들을 한 번 적어보도록 하자. 그런데 재미있는 것은 미래를 향한 이야기를 죽 써나가면 크든 작든 그것은 언젠가 반드시 실현이 된다는 것이다. 이제 늙어서 쌩뚱맞게 뭔 소리냐 할지도 모르겠지만, 재미 삼아 심심풀이로 쓴다면 이것은 정말 놀라운 일이 생겨난다.

'나이를 먹는다.'라는 이 말, 누구나 자주 쓰는 이 말은 정말 근사하다. 나이를 뭔가 보람찬 것으로 떠받든다는 점에서 그렇다. 우리는 먹는 것을 주저할 필요는 없다. 아이들은 군것질을 좋아하고, 여성들은 간단한 스낵을 좋아하고, 어른들은 술이나 안주를 즐긴다. 따라서 '나이를 먹는 것'도 나쁠 것이 없고, 드는 나이 또한 나무랄 것이 없다.

나도 언젠가 어르신들에게 봉사를 하는데, 음악으로 접근하기가 쉽기에 그냥 막연히 상상으로만 생각하다가 딱 60살부터 음악을 전혀 모르고 뛰어들었는데 이제는 옆에서 얘기를 해줄 수 있는 수준으로 발전한 것이 신기하기만 했다. 나의 꿈을 현실로 만들기 위해서, 단순한 몽상(夢想)으로 그치지 않게 하기 위해서 내 나름대로 필사적으로 노력해왔음은 두말할 것도 없다. 물론 내가 그렇게 생각해왔기 때문에 그 결과로 그렇게 되었다고 말하려는 것은 아니다. 아무런 기대 없이 생겨나는 결과도 간혹 있기 때문이다. 그러나 자신의 꿈에 대해 골똘히 생각하면서 그것을 실현시키기 위한 방법을 꾸준히 생각하고, 많은 노력을 했는데도 불구하고 전혀 엉뚱한 결과가 빚어지는 것은 그렇지 않은 경우보다 훨씬 드문 일이다.

'콩 심은 데 콩 나고 팥 심은 데 팥 난다.'

봄에 씨를 뿌리고 여름에 땀 흘려 김매기를 해야 가을에 풍성한 곡식을 걷어 들일 수 있다. '기회를 놓치지 말라'고 하는 말이 여기에서 나왔다. '기회는 준비하고 있는 자가 얻을 수 있다'고도 했다. '기회는 새와 같아서 잡지 않으면 날아가 버린다'고도 했다. 준비하지 않는 사람에게 찾아오는 기회는 기회가 아니다. 농사일뿐만 아니라 사회생활도 자신에게 찾아오는 기회를 놓치면 성공할 수 없다. 인생은 무엇인가 잡힐 듯 잡힐 듯하지만, 잡히지 않는 대상을 좇아 열심히 움직이게 되어있다. 그 대상이 잡히면 자기 뜻을 이루어 기쁨으로 성공의 길을 걷고 있다고 할 것이다.

잡히지 않는다 해서 실패했다고 슬픔에 잠길 필요는 없다. 잡힐 듯하면서, 잡히지 않는 대상을 좇아 움직이다 보면 그것보다 더 큰 소득을 얻을 수 있게 될 수도 있다. 그 대상이 꿈과 희망을 키워주는 에너지로 남아있는 것이지, 한없이 추락하게 만들어놓는 일은 아니기 때문에 끊임없이 노력하고 움직여야 한다. 어쨌든 자기 꿈을 만들어가면서 계속 그 꿈을 간직하고 끊임없이 노력한다면 정말로 그 꿈을 실현할 수 있다. 세상에는 뜻밖의 횡재와 같이 생각지도 못했던 행운이 터지는 일도 있지만, 그런 행운의 기회는 매우 희박하다.

따라서 언제 올지도 모르는 행운을 손 놓고 기다리는 것보다는 본인이 꿈을, 그리고 그 꿈속으로 그 꿈을 실현해나가는 편이 훨씬 빠르다.

실패를 두려워하지 마라

무슨 일이든 죽을 각오로 해라. 꿈이 있는 한 희망은 있다. 연습
벌레가 되어야 한다.

어떤 사람은 단 한 번의 고난에도 용기를 잃고 좌절해서 일어설
줄 모른다. 그러나 강한 의지를 가진 사람에게 단 한 번의 고난은
아무것도 아니다. 오로지 승리를 얻고 뜻을 펼치기만을 바라는 사
람에게 실패는 일시적인 것이지 최종적인 결말이 아니기 때문이
다. 그들은 항상 끊임없는 노력으로 실패할 때마다 다시 일어나서
전보다 더욱 굳은 결심을 가지고 목표에 도달하기 전까지 멈추지
않는다. 이런 사람들은 무슨 일을 하든지 열심히 노력하기 때문에
분명 목표를 달성하고 만다. 세상의 위대한 일들은 모두 강한 용
기를 가진 사람이 남들이 포기할 때 오히려 굳건히 버티기에 이루
어진 것이라 할 수 있다. 대다수의 사람은 어떤 일을 시작할 때 엄
청난 열정을 가지고 한다. 그러나 인내력에 한계가 있어서인지 일
을 완전히 끝나기도 전에 문제가 생길까 두려워하고 중도에 포기해
버리고 만다.

모든 일은 처음 시작하기는 쉬워도 끝내기는 어려운 법이다. 성
공은 누구나 쉽게 할 수 있는 게 아니고 그래서 발상의 전환이 필
요하다. 수없이 많은 좌절을 했다 해도 그 앞에서 벌벌 떨며 두려

위해서는 안 된다. 여러 번의 좌절은 실패를 줄이는 삶으로 만들어 줄 수 있다는 사실을 기억해라.

우리 인간에게 잠재력이 가진 힘은 얼마나 대단할까?

고대 로마 시인 호메로스가 시력을 잃지 않았다면 그렇게 아름다운 시를 쓸 수 있었을까? 그리고 베토벤이 귀가 들렸다면 전 세계 사람들이 감동할 만한 음악을 완성시킬 수 있었을까? 차이콥스키의 결혼이 그렇게 비참하지 않았더라면 불후의 명작 「비창 교향곡」은 탄생하지 않았을지도 모른다. 도스토옙스키도 비참한 운명 때문에 천고의 사랑을 받는 소설을 쓸 수 있었을 것이다. 이렇게 위인들은 자신이 가진 약점을 장점으로 바꿀 줄 알았다.

1809년, 미국 켄터키 주의 작은 집에서 한 아이가 태어났다. 그 아이 역시 자신의 결점을 계발하여 성공을 이룬 사람이다. 그는 다름 아닌 바로 에이브러햄 링컨이다. 만약 그가 부유한 집에서 태어나 하버드 대학에서 공부를 하고 원만하게 결혼했다면 아마 사람들을 감동시키는 연설할 기회를 얻지 못했을 것이다. 알기 쉬운 예로 이순신 장군은 임진왜란이 없었다면 평범한 장군으로 생을 마쳤을 것이다. 링컨의 대통령 재위 기간에 했던 수많은 연설을 포함해서 그가 했던 훌륭한 말 한마디 한마디는 통치자로서 가장 아름답고 열정적인 일면이었다. 그는 항상 "남을 미워하지 말고 자비심을 가져야 한다."라고 말했다. 소극적인 사고 대신 적극적인 사고로 변화시키는 것이 바로 노력이며, 또 창조력을 계발시켜 과거에 실패했던 일 때문에 괴로워할 시간조차 없을 정도로 열정적으로 사는 삶이다.

전 세계적으로 유명한 바이올린 연주자가 파리에서 첫 번째 연주회를 가졌을 때의 일이다. 그가 무대 위에서 연주하던 도중 갑자기 바이올린의 하나의 현이 끊어져버렸다. 그러나 그는 당황하지 않고 태연히 세 개의 줄만을 가지고 연주회를 마쳤다. 이 일에 대해 그는 이렇게 말했다.

"이것이 바로 인생이다. 비록 줄이 하나 끊어졌더라도 당신은 세 개의 줄만 가지고도 계속 연주할 수 있어야 한다."

이런 인생이야말로 멋진 인생이라 할 수 있다.

한국의 치열한 경쟁 사회에서 한 번 넘어진 아이들은 인생의 패자가 된다고들 말한다. 그러나 이 말은 아이들 말고 노인들에게도 해당하는 말이다. 하지만 아프게 넘어지고도 다시 일어나는 '성공의 경험'이 갖는 힘은 크다.

"성공은 실패보다 쉽다."

대만의 유명한 경영 전문가 천안즈의 말이다. 성공하고자 하는 목표가 있고, 자신이 진정 무엇을 원하는지 알고 행동하며 끝까지 포기하지만 않으면 성공하는 것은 시간문제라는 말이다.

요양원 한 여자 어르신은 초등학교 때 6·25전쟁이 나고 찢어지게 가난한 집안에 시집을 갔다. 나중에 목재소를 운영하며 열심히 해서 아들딸을 대학에 보냈고, 큰아들 집에서 지내다가 어느 날 화장실에서 넘어져 수술을 하셨다. 이후 자식들이 어르신을 집으로 모시고 가지 않고 요양원으로 보냈다. 요양원에 남겨진 어르신은 자주 눈물을 흘리셨다. 또 간혹 어르신을 요양원에 입소시키려고 우리가 모시러 가는 경우가 있는데, 어떤 어르신은 완강히 거부하시다가도 막상 요양원에 들어오시면 적응이 되어 조용히 계신다. 자식도 다 필요 없다. 돈을 좀 남겨놨다가 말년에 자신을 위해서 써야 한다고 생각한다. 어떤 어르신 가지고 있던 물건을 (CD)판을 요양사가 가져갔다고 난리를 치고, 나의 경우는 당신의 틀니를 가져갔다고 맞기도 하고 내 얼굴에 침을 뱉기도 하였다.

치매 노인 중 뭐든지 입으로 먹으려는 환자도 있다. 내가 요양원에 근무했을 때 직접 목격도 했지만 휴지나 화초에 있는 작은 돌이나 모래 등도 먹어 큰 곤욕을 치른 경우도 있었고, 그 환자가 본인의 대변을 손을 넣어 움켜지고 먹는 광경도 봐 입을 닦아주었던 일도 있었다.

어르신들 옷을 빨다 보면 이름을 써넣은 부분이 지워져서 식별이 잘 안 돼, 남의 옷을 입히는 경우가 종종 생긴다. 이런 경우 인지가 있는 분은 화를 내신다.

치매는 뇌(腦)가 작아져 기억을 점점 잃어가는 병인데, 이성적인 기억은 잃어도 '감정'에 대한 기억은 잃지 않는다고 전문가는 말한다. 뇌에서 인지 기능과 관련된 부위인 전두엽은 퇴화하지만, 감정과 관련된 부위인 변연계는 남아있기 때문이다. 치매 인구가 75만 명에 달하는 현 상황에서, 전문가들은 치매 환자의 감정을 다치지 않게 하는 것이 중요하다고 말한다.

인구 고령화가 진행되면서 가파르게 증가하는 병이 바로 치매이다. 현재, 치매 치료제의 개발의 잇따른 실패 때문에 전 세계 학자들이 치매 예방에 관심을 돌리고 있다. 치매 전 단계인 경도인지장애 상태에서 발견해서 치매로 진행하는 것을 최대한 막겠다는 전략이다. 경도인지장애란 기억력은 떨어져있지만, 일상생활에 큰 지장이 없는 상태를 말하며, 경도인지장애는 조금씩 시간이 갈수록 치매로 진행한다.

운동은 강력한 치매 예방 인자로 손꼽히고, 인지활동도 중요하다. 교육을 많이 받았거나, 태어날 때 IQ가 높거나, 직업적 성취도가 높은 사람은 치매가 덜 걸리는데, 이는 인지 예비능력이 높기 때문이다. 또한, 사회적 관계를 유지해 우울감을 떨치고, 새로운 것을 배우고 경험하는 활동은 치매로의 활동을 억제한다. 일본에서는 치매 전 단계인 경도인지장애를 혈액검사를 통해 진단할 수 있는 스크리닝 검사가 다른 차원의 검사법이 나왔다.

알츠하이머성 치매에 걸리면 뇌 부위 중 기억을 담당하는 '해마'와 이성적인 판단을 내리는 '전두엽'이 크게 망가진다. 이로 인해 치매 환자는 기억력이 떨어지고 돌발 행동을 하게 된다.

치매는 '나쁜 치매'와 '착한 치매'가 있다. 여기서 '착한 치매'로 만들려면 치매 환자가 긍정적인 감정을 느끼게 해야 한다.

첫째, 치매 환자의 엉뚱한 질문에는 재미있게 설명해주는 것이 좋다.

환자는 인지 능력이 떨어지기 때문에 논리적으로 설명해도 이해를 못 한다. 따라서 치매 환자의 눈높이에 맞춰 재미있게 말해야 한다. 환자를 어른으로 생각해 논리적으로 이해시키는 것보다는 어린아이처럼 대해주고, 이때 환자의 눈을 맞추고 부드럽게 천천히 예쁘게 말해야 한다.

둘째, 환자의 돌발 행동에 대해 심하게 반응하지 말고 이해하려는 노력이 필요하다.

이해 못 할 행동을 하나하나 지적하면 환자는 부정적인 감정이 쌓여 더욱 공격적으로 변하기 때문에 환자의 감정을 잘 읽고 원인을 제거해주는 것이 좋다. 평소에 손을 잡거나 포옹하는 등 애정표현을 많이 하면 환자가 안정감을 느껴 공격성을 줄일 수 있다. 사소한 일이라도 칭찬을 많이 해주는 것도 좋은 방법이다.

셋째, 치매 환자가 가족 외에 사람을 많이 만날 수 있도록 배려해야 한다.

치매 환자라고 집에만 있게 하면 외로움을 느껴 불안감 우울증이 커질 수 있다. 대신 사람을 만나면 끊임없이 말하고 생각하며 머리를 쓰는 것과 함께 상대방과 정서적 교감을 하기 때문에 증상 완화에 효과적이다. 치매 환자라도 치매 센터가 운영하는 동아리, 환우회 등에 참여하게 해 다양한 사람을 꾸준히 만나는 것이 좋다고 한다.

배움에 늦은 때가 없다

꿈과 열정이 있으면 늙지 않는다는 것이 증명되었다. 또한, 배움에 늦은 때란 없다. 우리 주변에 105세 현역 수영선수가 있다면 여러분은 믿을까?

실제로 일본의 나가오카 미에코 할머니가 장본인이다. 1914년에 태어난 나가오카 씨는 올해로 만 105세가 됐고, 한국 나이로는 106세이다. 세계기록도 18개를 가지고 있는 야마구치(山口)현 출신인 나가오카 씨는 80세가 되던 해 처음으로 수영장을 찾았다. 이전까지는 일본 전통 가무인 노를 배워왔지만, 그해 무릎에 부상을 입고 재활훈련 차 수영을 배우기 시작한 것이다. 처음엔 25m를 헤엄치는 데에만 1년이 걸렸다고 한다. 그런 나가오카 씨가 84세가 되던 해, 처음으로 일본 국내 마스터스 수영선수권대회에 참가했다. '시작한 것은 뭐든 철저히 하는 성품' 덕분이라는 게 일본 언론에 밝힌 비결이다.

『나는 100세 세계 최고의 현역 스위머』라는 책을 통해 밝힌 나가오카 할머니의 좌우명은 '하면 된다.'이다. 노익장을 과시하며 좌우명을 실현해오던 나가오카 씨는 노를 통해 배나 등의 근육을 단련해왔기 때문에 나이에 비해 몸이 튼튼하다고 했다. 하지만 체력이 점점 떨어지고, 또 105세가 된 나가오카를 받아준다는 수영시설이 없어 대회 출전은 올해가 마지막이 됐다.

우리는 70세 도전, 80세 꿈, 90세 봉사와 나눔이 우리가 앞으로 살아가야 할 초고령사회에서 행복하고 성공적으로 늙어가기 위한 필수 조건이다. 요즘 어른들에게 "오래 사세요." 하면 대개 "오래 살면 뭐하나. 건강해야지."라고 대꾸하신다. "건강하게 오래 사세요." 라고 해야 좋아하신다. 장수 시대를 맞아 어르신께 드리는 인사말도 바뀌었다.

우리 주위엔 구순(90세)이건, 백수(99세)건 나이를 잊은 듯 청년으로 사는 분들이 많다. 이들이 제일 싫어하는 말이 '노인', '어르신'이다. 남자 노인을 가리키는 옹이 사라진 대신 젊은 노인이란 말이 생겼다.

영원한 청년으로 살아가는 이분들의 비결은 무엇일까? 연세대 명예철학 김형석교수는 구순 잔치에서 30년 전 정년 퇴임한 후 꿈을 갖고 노력했다면 무언가 성취할 수 있었을 터인데 무척 아쉽다고 후회하셨다. 그러면서 지금부터라도 새로운 꿈을 갖고 도전하는 삶을 살겠다고 했다.

그대로 머물러 있어서는 안 된다. 드러누워있는 것을 제일 싫어한다. 매일 몸을 움직이고 마음을 열고 보면 모든 게 새롭게 보인다.

하고 싶은 이야기

나는 이제 나이가 70을 바라보지만, 예전과는 달리 마음이 약해질 때가 많다. 슬픈 영상을 보면 마음이 찡해지고 가슴이 먹먹해지고, 무엇을 기획해도 자신감이 떨어지는 것이 사실이다. 이럴 때일수록 강한 의지가 필요하고, 무엇을 시도하다가 잘못돼도 큰 피해가 없는 안전한 방법으로 가는 것이 최상책이다. 이제 무엇을 시도해서 어떤 부귀영화를 누리겠나? 그러나 아무리 바쁘고 힘들어도 취미는 포기하지 말자. 취미 생활을 하려면 경제가 어렵다보니 돈을 써야 한다는 현실에 부딪치는데, 약간의 돈으로 멋진 취미 생활을 즐긴다면 건강도 지키고, 재미있는 시간을 보냄으로 삶의 질까지 바꿀 수 있다.

취미도 자기 적성과 성격, 비용 등을 고려해 자기가 좋아하는 것을 선택하면 된다. 많은 분이 취미는 사치라고 생각할 수도 있지만, 그것은 자신의 기준에 사치라고 판단되는 것을 생각해서 그렇지, 여러분의 행복을 위해 필요한 취미는 거창한 것이 아니라 소소한 것들일 수 있다. 정말 바쁘고 힘들지만 그럼에도 자신의 행복을 위한 취미를 찾기 원한다면 다음의 기준으로 찾아보면 어떨까?

1. 돈이 많이 들지 않는 것

　　도구 몇 가지만 있어도 오랫동안 즐길 수 있는 부담 없는 취미를 찾아보자.(예: 저글링, 마술)

2. 시간이 많이 들지 않는 것

　　취미를 배우기 위해 많은 시간을 투자해야 한다면 그것 또한 돈에 비할 수 없이 정말 큰 투자다.

3. 어디서든 할 수 있는 것

　　장소의 조건이 특수하다면 그곳을 찾아가는 것도 귀찮고, 생각날 때 바로 즐기기가 어렵다. 아주 소소한 것도 좋으니 어디서든 할 수 있는 것으로 찾아보자. 어디서든 할 수 있다고 해서, 해야 하는 취미가 아니라 언제든지 하고 싶을 때 할 수 있는 취미라고 보면 된다.

4. 함께 즐길 수 있는 것

　　현대는 사람을 피곤하게 하는 시대이기 때문에 쉬는 날에는 혼자서 지내는 것이 훨씬 행복하기도 하다. 하지만 사람으로 인한 피곤은 사람으로 풀어야 한다는 말이 있다. 함께 즐기고, 함께 기뻐할 수 있는 취미를 즐겨보자.

5. 자존감이 회복되는 것

　　너무나 단순한 취미보다는 가급적이면 발전하는 성취감이 있는 취미를 찾아보자. 어려운 취미를 계속 연습하여 발전시키는 것도 있겠지만 식물을 기르는 것 또한 점점 성장하기도 하고, 관련 지식을 배워가며 자신도 성장하는 평생취미가 될 수 있다.

　　이것이 전부 정답은 아니지만 성장하지 않고 퇴화하는 우리, 노인으로 가는 사람들에게 참고가 되었으면 하는 바람으로 적었다.

나의 꿈은 대한민국을 이렇게 잘 살게 만든 어르신들의 노후를 즐겁게 해드리고, 단지 소박한 꿈으로 어르신과 장애인들과 재미있게 함께하는 시간을 만드는 것이다. 사명감을 가지고 내가 아는 지식과 인맥으로 도전장을 내 자신에게 내밀었고, 하면 된다는 자신감으로 하나하나 어려운길, 남들이 어려워하는 길을 조심스럽게 출발했다.

우리 어르신들이 젊었을 때 했던 도전과 용기로 지금의 노후도 다시 설계하여 어렵겠지만 공부도 하고 취미생활로 뭐든지 했으면 한다. 우리는 우리 스스로를 가둬놓고 살고 있다. 뭔가 시작을 하려도 미래가 안 보이니까 도전을 하려도 잘 될까 의심부터 한다. 스스로 용기의 문을 꼭꼭 걸어 잠그고 감옥에 갇혀 살고 있다. 시작하려는 마음으로 문을 열면 세상은 더욱 넓어 보이고 아름답게 보인다. 그래서 실패는 성공의 반대말이 아니라 목표를 향해 가는 과정이라고 인식이 바뀌어야 한다.

내가 종로3가에 자주 가는 이유는 우선 거기에 마술연맹 사무실이 있어 새로운 마술 도구를 구하기 쉽고, 스피치학원이 있어 스피치 공부하러 찾아가기도 하고, 낙원상가에 실버극장이 있어 관람료 2천원에 흘러간 외화(外畵)를 감상할 수 있는데 추억의 명화가 많아서이다.

또한, 악기점들이 몰려있는 메카로서 현재론 엘프기 점검과 하모니카 구입하기도 하고, 기타, 아코디언, 색소폰 구경도 할 수 있는 나의 보금자리이다. 이발하는 가격도 얼마 전에 5백원이 오른 4천원이고 염색은 5천원, 식사와 주류도 대체적으로 딴 지역보다 싼 편이다.

이 지역은 파고다공원을 중심으로 노인들이 많이 모여있어 노래행사나 공연들을 공짜로 볼 수 있는데, 보통 안이 좀 넓은 식당에서 하고 있다. 식당 측에서는 식당 홍보도 되고, 공짜로 들어온 노인 중 형편이 좋은 분들은 거기서 식사를 한다. 하지만 여유가 없는 노인들은 봉사센터에서 운영하는 무료급식소에서 식사 한 끼하려고 50m넘게 줄을 선다. 여기서도 부익부빈익빈(富益富貧益貧)을 느낄 수 있다.

나는 얼마 전에 강남구민회관에서 열린 2019 대한민국 생활음악 페스티벌에 오케스트라 하모니카부문에 합류할 예정이었으나 일정상 모여 연습할 시간들을 놓쳐 관객으로 입장하여 오전10시부터 오후 5시까지 장시간 구경하였는데, 끝부분을 보지 못하고 집으로 아쉬운 발걸음을 옮겼다.

여기에 이런 글이 있어요.

사람들은 날마다 음악 속에 살지만, 항상 음악이 그립습니다. 언젠가 그 그리움을 달래기 위해 음악을 사랑하는 사람들이 여러 악기를 들고 대한민국 전국 방방곡곡에서 구름떼처럼 모였습니다. 내 안에서 나를 흔드는 음악을 노래하고, 연주하고, 춤을 추면서 마음껏 즐기라는 좋은 얘기가 조직위원장 제임스 정의 얘기로 작은 책자에 쓰여있네요.

그때의 무대는 화려하지는 않았지만, 소박한 무대로 원만히 진행됐다고 개인적으로 평가를 합니다. 또한, 나 자신 이런 무대를 즐기는 것은 이제 내가 사는 고양시에서 내년부터 여러 장르(행사, 축제, 잔치)의 공연을 연출과 무대감독을 하기 위해서는 간접적인 많은 경험이 필요해서 현장에서 기획, 출연자섭외, 진행, 조명, 음향, 홍보의 중요성을 배워야 하기에 행사가 있는 곳은 시간이 허락되면 쫓아다닌다.

세월이 지날수록 두뇌를 쓰는 빈도가 떨어지고, 사회생활에서 멀어지면서 치매에 대한 위험이 높아지는 것인데 예를 들어 전화번호도 처음에는 집 전화와 가족들의 번호 등 중요한 번호는 머릿속에 저장하여 외우고 있었던 시절이 있었으나 지금은 핸드폰에 저장하여 사용하기에 외울 필요가 전혀 없지만 만약 핸드폰을 잃어버린다면 큰일로 이어진다.

그래서 나의 경우는 만약의 사고에 대비해서 핸드폰에 저장된 전화번호를 노트에다 기록을 해놨다.

때와 장소를 가리지 않고, 심지어 방 안에서도 할 수 있는 두뇌 운동이 무엇이 있을까?

제2장
환갑에 관한
얘기

환갑에 관한 이야기

　사람이 세상에 태어나서 만 60년 만에 맞는 생일을 '환갑(還甲)'이라고 한다. '자기가 태어난 해로 다시 돌아왔다'는 뜻이다. 또한, 회갑, 보갑, 주갑이라고도 한다.

　조선 시대에는 평균 수명이 35세쯤이었다. 역대 임금 가운데 환갑이상 산 임금은 네 명뿐이었다. 따라서 옛날에 환갑을 맞이하기가 어려워, 만 60세가 되면 무척 오래 산 것으로 여겼다. 중국 육유의 시에 "인생이 아무리 길어도 백 살을 살지 못한다, 60이나 70이 고작이다."라는 구절이 있을 정도였다. 우리나라에서도 환갑을 장수하는 것으로 보아, 환갑을 맞이한 사람에게는 큰 잔치를 베풀어주는 풍습이 있었다. 이것을 '수연(壽宴)'이라고 하여 자녀들이 일가친척과 친지들을 모시고 부모의 생일잔치를 열어 축하해드렸다. 환갑잔치는 보통 하루에 끝나지만, 부잣집은 3일 동안 계속하기도 했다.

　여기서 환갑잔치가 생겨난 오래된 이야기를 한다.

　옛날 중국 중원에서는 70세 노인을 아무짝에도 쓸모없는 사람이라고 여겼다. 하는 일 없이 양식이나 축낸다는 것이었다. 그래서 언제부터가 70세가 되면 땅속에 움을 파고 집을 지어 일주일 치 식량인 생쌀과 함께 그곳에 가둬두었다. 일주일이 지나면 식량이 떨어져 노인은 굶어 죽을 수밖에 없다. 당시에 한반도 북쪽에는 고구려가 있었다. 고구려의 어느 왕자가 아버지에게서 왕위를 빼앗으려고 중원의 풍습을 받아들였다. 70세가 아닌 60세 노인이 되면 움집을 만들어 그 속에 가두고 결국 굶어 죽게 한 것이었다. 물론 그가 아버지를 움집에 가둬 죽이고 왕위에 오른 뒤 만든 나라 법이었다. 이 법은 모든 백성에게 똑같이 적용되었다. 신분이 귀하든, 천하든 60세가 되면 누구나 생매장을 당할 수밖에 없었다.

그즈음 고구려의 어느 마을에 40세를 훌쩍 넘겨 혼인한 품팔이꾼이 있었다. 부인은 그보다 10여 세나 적었고, 혼인한 지 일 년 만에 아들을 낳았다. 품팔이꾼은 아들을 얻어 기뻤지만, 이내 살림이 어려워졌다. 자신의 품팔이 일로는 살기 어려워 아내가 삯바느질을 하여 살림을 보탰는데, 아들을 돌보느라 아내가 일할 수 없게 되었고 엎친 데 덮친 격으로, 아내는 아들을 낳은 뒤 병까지 얻었지만 쪼들리는 형편에 약한 첩 제대로 쓸 수 없었다. 아내는 결국 시름시름 앓다가 넉 달 만에 숨을 거두고 말았다.

"당신이 세상을 뜨다니, 어린 것을 데리고 나 혼자 어떻게 살라고…"

남자는 아내의 시신을 끌어안고 목 놓아 울었다. 장례를 마친 뒤, 그는 젖먹이 아들을 데리고 동네를 돌아다녔다. 동네 아주머니들에게 젖을 얻어 먹이기 위해서다. 지금이야 우유나 분유가 있어 그것을 먹이면 되는데 그 시절에는 없었고, 이 대목이 효녀 심청이 심봉사 얘기와 흡사하다.

"쯧쯧, 불쌍해라. 엄마 젖을 먹지 못해 볼이 홀쭉해졌네."

마음씨 좋은 아주머니들은 품팔이꾼의 아들에게 젖을 먹여주었다. 품팔이꾼은 젖동냥을 하여 아들을 길렀고, 동네 아주머니들 덕분에 젖을 먹고 무럭무럭 자랐다. 아들이 세 살이 되었을 때 남자는 아들을 집에 혼자 놔둔 채 일을 다닐 수 없었다. 생각다 못해 그는 어느 높은 벼슬아치 집에 머슴으로 들어갔다. 그 집에서 머슴살이를 하면서 아들을 키웠다. 벼슬아치 집에는 아들과 같은 나이의 딸이 있었다. 아들은 벼슬아치의 딸과 좋은 친구가 되어 하루 종일 같이 놀고, 커서는 함께 서당에 다녔다. 아들은 소년으로 자라 이제는 제법 철이 들어 아버지 걱정도 했다.

'이제 몇 년 후면 아버지가 60세가 되시지. 그러면 움집을 지어 아버지를 그곳으로 모셔야 한다. 일주일 치 식량과 함께…. 식량이 떨어지면 목숨을 이어갈 수 없게 되고…. 임금님은 왜 이렇게 끔찍한 법을 만들어 아버지와 자식 사이에 피눈물을 흘리며 생이별을 하게 하실까?'

아들은 아버지가 돌아가실 날이 머지않았다고 생각하니 가슴이 찢어지는 듯 아팠다.

'아버지는 나를 키우느라 고생을 많이 하셨어. 60세가 되려면 몇 년 안 남았으니, 그동안이라도 편히 쉬게 해 드리자.'

아들은 이런 생각을 하고 아버지 대신 벼슬아치 집의 머슴이 되었다. 몇 년 뒤, 아버지는 드디어 60세 생일을 맞이했다. 이제는 아들이 움집을 지어 일주일 치 식량과 함께 아버지를 그곳으로 모셔야 했다. 아들은 아버지를 움집에 모시고 눈물을 흘리며 말했다.

"아버지, 나라에서는 아버지와 헤어지라고 하지만 저는 결코 그 명을 따를 수 없습니다. 아버지는 제가 혼인하여 얻은 며느리와 손자를 꼭 보셔야 합니다. 그 날이 올 때까지 저는 날마다 아버지를 찾아뵙겠습니다."

아들은 아버지를 움막에 모실 때 일주일 치 식량을 가져가지 않고 매일 밤 움집까지 식사를 날랐다. 아들이 아버지를 돌보고 있음을 아무도 몰랐다. 나라에서 알면 처벌을 받게 될 것이기에 남들 눈에 띄지 않게 각별히 조심했다. 그렇게 지낸 지 일 년이 되는 어느 날, 벼슬아치의 딸이 아들을 만나러 왔다. 두 사람은 어렸을 때부터 어른이 된 지금까지 서로 좋아하고 있었다.

"아버지한테 들었는데, 요즘 조정이 근심에 잠겨있대. 다른 나라에서 사신이 와서 세 가지 문제를 냈는데, 알아맞히는 사람이 아무도 없다는 거야. 나라 망신이라고 임금님과 대신들이 한숨만 쉬고 있대. 그래서 임금님은 세 가지 문제를 푸는 사람에게는 큰 상을 내리고 벼슬까지 주겠대."

아들은 세 가지 문제를 듣고 그날 밤 아버지를 찾아가 그대로 전했다. 아버지는 잠시 생각해보더니 아들에게 세 가지 문제의 답을 알려주었다.

다음 날 아침, 아들은 벼슬아치를 찾아가서 말했다.

"저를 왕궁까지 데려다주신다면 세 가지 문제를 풀어보도록 하겠습니다."

벼슬아치는 입이 함박만해지고 기뻐했다.

"그게 정말이냐? 네가 세 가지 문제를 모두 알아맞힌다면 너를 내 사위로 삼으마."

벼슬아치는 아들에게 이렇게 말하고 그를 왕궁으로 데려갔다. 아들은 왕과 대신들, 그리고 다른 나라 사신 앞에 섰다. 사신은 그를 말끄러미 쳐다보더니, 공작새가 들어 있는 새장을 가리키며 첫 번째 문제를 냈다.

"저 새는 우리나라에서 가져온 공작새다. 이 나라에 와서는 아무것도 먹지 않아 죽어가는데, 무엇을 먹여야 살아나겠느냐?"

"우리나라에는 이런 속담이 있습니다. '산 입에 거미줄 치랴.' 거미줄을 걷어다 먹이면 살아날 것입니다."

아들의 대답에 거미줄을 걷어다 공작새에게 먹였다. 공작새는 거미줄을 받아먹고는 곧 기운을 차렸다. 사신은 홍두깨방망이를 보여주며 두 번째 문제를 냈다.

"이 방망이는 위아래가 똑같이 굵고 둥글다. 어느 쪽이 위고 어느 쪽이 아래냐?"

"위아래를 구분하려면 방망이를 물에 담가야 합니다. 나무는 원래 아래쪽이 무겁고 단단하지 않습니까? 물에 담그면 더 잠기는 쪽이 아래입니다."

사신은 깜짝 놀라는 표정을 지었고, 그는 똑같이 생긴 흰말 두 마리를 끌고 와서 보여주며 세 번째 문제를 냈다.

"저 말들은 똑같은 암컷이고 몸집도 비슷하다. 어느 쪽이 어미 말이고, 새끼 말인지 가려내어라."

"방법은 간단합니다. 마구간에서 여물을 주어보면 알 수 있습니다. 두 마리 말 앞에 각각 여물을 담아놓으면, 다른 말의 것까지 먹으려 하는 놈이 새끼 말입니다. 사람이나 짐승이나 제 새끼는 끔찍이 위하지 않습니까? 그래서 아무리 배가 고파도 어미 말은 새끼 말의 것은 절대로 건드리지 않습니다. 하지만 새끼 말은 다르지요. 철이 없어 어미의 먹이까지 넘보는 거랍니다."

으스대던 사신은 코가 납작해졌다. 아들이 세 가지 문제를 모두 풀었기 때문이다. 임금은 크게 기뻐하며 아들에게 물었다.

"너는 참으로 지혜롭구나. 어떻게 그 어려운 문제를 다 풀었느냐?"

그러자 아들이 대답했다.

"임금님께 죄송한 말씀을 드리려 합니다. 세 가지 문제를 푼 사람은 제가 아니라 저의 아버지입니다. 60세가 넘으셨는데, 나라의 법을 어기고 제가 움집에 매일 식사를 나르며 모시고 있지요. 상을 받아야 할 사람은 제가 아니라 아버지입니다. 바라옵건대, 저에게 상을 내리는 대신에 60세 노인을 움집에 가둬 죽이는 무서운 법을 없애주십시오."

임금은 법을 만든 왕의 아들이었고, 임금은 고개를 끄덕였다.

"네 말이 맞다. 60세가 되었다고 죄 없는 사람들을 죽이는 이 무서운 법은 없애는 것이 마땅하다. 네 아버지 같은 노인이야말로 우리나라의 보배다. 사람이 늙으면 아는 것이 많고 얼마나 지혜로우냐? 우리나라에 노인이 없어 사신이 낸 문제들을 여태 풀지 못했던 것이지. 그리고 보니 너는 참 효자로구나. 용기도 있고. 위험을 무릅쓰고 아버지를 끝까지 모셨고, 미련한 나를 깨우쳐주기까지 했다. 그 무서운 법은 지금 이 순간 폐지하니 너는 아버지를 오래오래 모시도록 해라."

아들은 기쁜 마음으로 집으로 돌아왔다. 죽은 사람이나 다름없었던 아버지가 다시 살아나 집에서 모시고 살게 되었으니 오죽 기쁠까? 아들은 마을 사람들을 모두 불러 큰 잔치를 벌였다. 그리고 이때부터 이 나라에는 60세가 되면 노인을 움집에 가둬 죽이는 대신 큰 잔치를 벌이는 풍습이 생겨났고, 환갑잔치를 열게 된 것이다. 한편, 아들은 벼슬아치의 딸과 혼인하여 아버지를 모시고 잘 살았다고 한다.

우리 선조들이 언제부터 환갑잔치를 했는지는 확실히 알려지지 않았다. 다만 『고려사』 「충렬왕조」에 "왕이 환갑 때 죄인들을 특별 사면했다."라는 기록이 있어 고려 시대에 환갑잔치가 있었음을 알 수 있다.

요즘은 '인생은 60부터'라는 말이 있을 만큼 평균 수명이 높아져, 환갑잔치는 안 하고 많은 사람이 여행으로 대신하고 있다. 옛날에는 환갑잔치를 "산제사를 지낸다."라고 말하기도 했다. 그리고 요즘은 만 70세 생일잔치인 '고희연(古稀宴)'도 안 하는 것 같다. 옛날에도 고희는 '인생칠십고래희(人生七十古來稀: 70살을 사는 사람은 예로부터 드물다.)로 큰 잔치를 베풀었다. 그 밖에 77세 생일잔치인 희수연(稀壽宴), 88세 생일잔치인 미수연(米壽宴), 99세 생일잔치인 백수연(白壽宴)도 성대한 잔치를 열어 장수를 축하했다.

시니어들의 시장

비단 사랑에만 나이가 없는 것은 아니다. 일에도, 자아계발에도 나이 제한은 없다. 이미 현실이 된 고령화 사회에서 노후 대비는 물론 이제 늦게나마 본인이 좋아하는 것을 하기 위해 애쓰는 시니어층이 늘어나고 또한 이들을 위한 다양한 프로그램이 등장하면서 시니어들의 교육시장이 점차 활성화되고 있다.

이제 중장년층의 폭발적인 확대는 사회 경제적으로 새로운 패러다임의 출현을 요구한다. 과거에는 은퇴 후의 시기를 '여생(餘生)'이란 말로 표현했다. 20대까지는 열심히 공부하고, 60세 정년까지 땀 흘려 일하며 가족을 부양한 뒤, 은퇴 후에는 손주 재롱을 보거나 슬슬 여행이나 다니면서 편안하게 지냈다. 하지만 2018년 기준, 한국인의 평균 수명은 남자 79세, 여자 85세이다(이 기준은 조사하는 기관마다 약간씩 차이는 있다) 지금 계산으로도 20년에서 25년을 더 살아야 한다. 그 긴 시간 동안 열정과 에너지를 집중할 대상을 찾지 못한다면 '아, 나는 이제 아무것도 못 하나?'라는 자괴감에 빠질 수밖에 없다.

사회적인 측면에서도 풍부한 경험과 커리어를 갖춘 시니어층을 활용하지 못한다면 그것은 경제의 선순환을 가로막는 부담 요인이 될 것이고, 동시에 국력의 낭비가 된다. 이들이 생산과 소비의 순환 구조에서 적극적으로 활동할 수 있는 메커니즘을 구축하는 것이 시니어층 자신은 물론 사회의 건전성과 행복을 가름하는 핵심 키워드가 되어, 시니어 교육 시장이 주목받는 배경이다.

시니어 교육 시장은 이런 트렌드에 맞춰 발 빠르게 진화하고 있다. 주민자치센터나 평생 학습관에서도 컴퓨터, 카메라 교육 프로그램은 이제 필수 커리큘럼이 되었고, 우리나라에서도 어린이들을 위한 방문 교육은 예전부터 있다. '이구르스(eGurus)'는 이것을 시니어층을 대상으로 확장 발전시켜 충분히 벤치마킹할 만하다.

시니어층은 더 이상 '힘 빠진 노인' 들이 아니다.

실버 파워를 바탕으로 하나둘 스타들이 탄생하고 있다. 기발한 콘텐츠로 유튜브에서 240만 명이 넘는 팔로워를 자랑하는 1인 크리에이터 박막례 할머니와 시니어 모델로 주가가 폭등하고 있는 김칠두 씨가 대표적인 인물들이다.

젊은이들 못지않은 인기를 누리며 미디어의 주목을 받고 있다. 이런 시니어 스타들의 탄생은 '내 나이가 어때서'를 외치는 시니어들의 자기계발 욕구를 크게 자극한다. 시니어 교육시장의 잠재력은 상상을 초월한다. 시니어들의 니즈(Needs)를 파악하고 그들에게 적재적소의 솔루션을 제시하는 것이 화두인 세상이 되었다.

인생에서 너무 늦은 때란 없습니다

이 책은 76세에 본격적으로 그림을 그리기 시작하여 101세의 나이로 세상을 떠나기 직전까지 왕성하게 작품 활동을 하여 미국 사회에 큰 영향을 끼쳤던 모지스 할머니의 자서전이다.

그녀는 1860년에 워싱턴 카운티의 어느 농장에서 태어났다. 당시 대부분의 여자애처럼 열두 살 때부터 다른 집에서 가정부 일을 하였으며, 남편을 만난 후 버지니아에서 농장 생활을 하였다. 이후 뉴욕에 정착해 열 명의 자녀를 출산했지만 다섯 명이 죽고, 다섯 명만 살아남았다. 어려서부터 그림에 재주가 있었지만, 아이들을 키우고 버터를 만들고 농장 일을 하는 등 살아가기에 급급해 그림을 배우지 못하고 그리지도 못하다가 76세가 되어서야 본격적으로 붓을 들기 시작했다고 한다. 한 번도 배운 적이 없이 늦은 나이에 시작한 그녀만의 아기자기하고 따뜻한 그림들은 어느 수집가의 눈에 띄어 세상에 공개되었다. 그리고 88세에 '올해의 젊은 여성'으로 선정되었으며, 93세에는 『타임지』의 표지를 장식하였고, 그녀의 100번째 생일은 '모지스 할머니의 날'로 지정되었다.

이후 존 F. 케네디 대통령은 그녀를 '미국인의 삶에서 가장 사랑받는 인물'로 칭했다고 한다. 모지스 할머니는 붓을 든 지 5년이 된 해인 81세에 단독 전시로 데뷔를 하자 언론들은 앞치마를 두른 채

시골 농장에서 정겨운 그림을 그리는 할머니에게 열광하였다. 라디오와 텔레비전 방송에 출연하고, 다큐멘터리도 제작되었다. 92세인 1952년에 출간한 『인생에서 너무 늦은 때란 없습니다』 책은 베스트셀러가 되었다.

"사람들은 늘 '너무 늦었어.'라고 말합니다. 하지만 사실은 지금이 가장 좋을 때입니다."
결국, 삶이란 우리 스스로 만드는 것이며, 인생에서 너무 늦은 때가 없다고 모지스 할머니는 얘기하고 있다.

배움은 언제나 즐겁다

나에 대한 과감한 혁신 정책으로, 또 나이 들어 허탈감으로 인해 재미있는 취미 생활을 만들었다. 그리고 지금은 삶의 활력과 함께 인생에 큰 변화가 왔다는 것이다. 어찌 보면 각본 한 장 없이 살아온 인생은 많이 힘들었고 고단했다. 지금껏 살아오면서 대한민국과 사회에 많은 신세를 졌기에 세상을 향해 작은 나눔을 실천하겠다고 생각하지만, 인생의 참된 가치가 어디에 있는지를 삶으로 보여준다.

악기는 나를 마음껏 표현할 수 있어 좋다. 이를 통해 가족들과 잘 소통하고 대화도 많아졌음을 장점으로 꼽는다. 내가 즐거우니 집에서도 늘 웃게 된다. 식구들은 나를 자랑스러워한다. 연주할 시장은 작고 무대도 턱없이 부족하지만, 프로 데뷔보다 삶의 변화를 우선 즐기는 데 만족하고 있다. 점점 젊어지는 나를 상상하며 긍정적인 생각을 한다. 또한, 체력 관리와 몸매 관리에 더 신경 쓰게 되면서 건강해지는 것이다. 젊어서 나를 표현하는 일을 해보고 싶었는데 시간과 용기가 없었다. 지금 당장, 이번에 안 하면 언젠가는 후회를 하게 되기에 시작한다.

악기 연주는 소질보다 노력과 연습이 훨씬 중요하기 때문에 노후 준비 차원에서 누구라도 도전할 수 있고, 인생 2막에는 부담이 없이 취미 생활로 시작하면 좋을 듯하다. 특히 하모니카와 아코디언은 옛날 정서에도 맞고 향수를 불러일으키기 때문에 어르신들에게 인기가 있고, 재능기부에 참여함으로써 동기부여가 된다. 그래서인지 나이 듦에 대한 불안감을 떨쳐내기 위한 방법으로 도전과 변화를 선택하는 사람이 늘고 있다.

요즘은 1인 1악기 시대를 맞아 취미 활동에 과감히 투자하는 분들이 많은데, 음악을 하니까 성격도 차분해지고 스스로를 다스리게 되고 새롭게 뭘 배운다는 것 자체가 어려운 일이라 성취감은 더욱 크고, '나는 다르다'는 자신감은 즐거움과 에너지를 준다. 시간적으로도 많은 노력을 해야 하기 때문에 프로로 데뷔해 돈을 벌지 못하더라도 자기 관리라는 이득을 얻을 수 있어 일석이조인데다 실제 나이보다 훨씬 더 젊어보인다는 공통점도 있어 배움의 열정엔 남녀도, 나이도 없다. 평생학습을 통해 나의 발전을 이루고 그 발전을 사회에 이롭게 사용하고자 노력하고, 우리 사회의 빛과 소금과 같은 사람이 되어야 한다. 그래서 평생학습에 대한 동기부여를 고취하고, 재교육을 통한 국가경쟁력 강화에도 도움을 준다.

또 나는 이 책을 쓰면서 많은 고민을 했다.
내용이 충실하고, 경험을 바탕으로 진실하게 작성했는가?
형식과 분량이 적절하고 논리적 설득력이 있는가?
나의 얘기가 타인에게 동기부여가 되는가? 등등.

자랑이나 성공담보다는 평생 교육과정의 참여가 삶에 가져다준 변화에 비중을 두고, 진솔하게 자신을 들여다보는 성찰이 담긴 작품이 되어야 한다.

열심히 살아온 삶의 여정을 돌아보면서 극복하기 힘든 어려움과 시련, 콤플렉스를 극복하고, 학습의 과정을 통해 진정한 자신을 만나 회복하고 치유하는 과정들을 귀하게 보여주고, 배움의 순수한 기쁨과 성취, 이를 통한 변화의 과정들을 지켜보면서 또 어떤 방향으로 나아가야 하는지를 성찰하게 해준다.

우리 사회의 피폐해진 무력감을 극복하면서 남을 배려하고 함께 나누는 삶의 길을 걸을 때 자기 안의 문제를 발견하고 치유하는 힘을 키울 수 있다. 지금 고령화 사회의 화두가 되는 평생학습에 몰입하여 더 큰 성취를 이루고 함께 몸과 정신의 건강까지도 지킬 수 있는데, 이 모든 것은 본인의 결심과 행동에 달렸다.

요즘엔 한 가지만 잘하라는 법이 없다. 나는 스피치, 책 저술, 하모니카, 마술, 장구, 아코디언, 색소폰, 기타 연주, 저글링을 통해 사람들에게 꿈과 희망에 도전하라는 메시지를 주고 싶고, 나 역시 60세부터 모든 것을 시작한 것이다.

여러 가지를 배우면서 자주 넘어지면서 일어섬을 배운다. 그것도 한두 가지가 아니고 좋아하는 여러 종목을 나름대로 공부하는 중이다. 그중에는 강연 계획도 있다. 모든 강의는 처음 시작이 중요하다. 처음부터 호기심을 불러일으키고 청중들이 들을 준비를 하도록 무장해제 시키지 못하면 성공적인 강의는 물 건너간다. 그래서 강사들은 처음을 어떻게 시작할 것인지를 고민한다. 유머로 시작하기도 하고, 자신의 일화를 이야기하기도 하고, 어떤 강사는 생생한 예를 제시하거나 강력한 시각 자료를 활용하기도 한다. 이처럼 강의 자료를 준비하면서 인상적인 오프닝을 위해 많은 고민을 해야 한다.

성공적인 스피치를 하려면 자신감, 열정, 목소리, 유머 감각, 복장, 시각 자료, 많은 연습 등 갖추어야 할 사항들이 많지만 가장 중요한 것은 청중이 듣고 싶어 하는, 공유할 가치가 있는 특별한 메시지가 있어야 하고, 이를 스토리텔링으로 연결할 수 있어야 한다. 그러나 아무리 좋은 강의라도 청중이 마음을 열지 않으면 들어갈 틈이 없다. 전기에 감전된 것처럼 짜릿한 감동을 주는 스피치를 하려면 먼저 청중의 마음을 여는 처음 90초를 잘 준비해야 한다.

아직은 버스킹은 안 해봤지만, 기회가 되면 해보고 싶은 이유도 '연주자가 있는 곳이 곧 무대'이기 때문에 '자신감을 키우기 위해서도 딱이다.'라는 생각을 갖게 되었다.

연주자가 되기 위해서는 필요한 자질과 태도로 세 가지 정도가 필요하다.

'첫째' 호기심, 호기심이 없으면 창의성이 발달할 수 없다. 창의적이지 못한 음악은 자기만족에만 빠지거나 타인의 음악을 베껴내는 데에 그치게 된다.

'둘째' 꾸준함, 음악은 매우 반복적이고 지루한 연습들이 모여 기본기가 다져진다. 미디어의 화려함에만 빠져 꾸준히 연습하지 않으면 지속할 수 없는 음악인이 된다.

'셋째' 용기, 음악은 분명 일반적인 길은 아니다. 주변 사람들과 다른 길을 간다는 것은 매우 외롭고 처절한 자기 자신과의 싸움이다. 그것을 견뎌내기 위해서는 나만이 가지고 있는 반짝이는 것을 찾고 그것을 갈고 닦을 용기가 있어야 한다.

일본의 것 중 배울 것은 배우자

초고령사회 일본에서는 생활 속 근육 운동으로 노인 쇠약과 요양원 생활을 줄이려는 노력이 활발하다. 일본 최초의 노화연구소인 도쿄 건강장수의료센터는 "집에서 쉽게 할 수 있는 근육 운동을 매일 10분 만 해도 일 년 정도 지나면 현재 근력의 20%까지 늘릴 수 있고, 그것으로 건강 수명이 5년 늘어난다."라며 실내 근육 운동 프로그램을 개발하여 전국적으로 보급하고 있다.

주로 전체 근육의 70%를 차지하는 엉덩이와 하체 근육 운동이다. 튼실한 근육에서 활기찬 삶과 일상을 지탱하는 힘이 솟는다. 고령화 속도를 감안하면 지금의 일본은 한국의 15~20년 뒤 모습이다. 65세 이상 인구가 30%에 이른 일본은 세 가지가 국가적 화두였다. '움직이는 고령사회', '요양원에 안 가고 동네에서 늙어가기', '고립되지 않고 어울리기'이다. 고령 인구 15%에 들어선 우리 사회가 미리 준비해야 할 것이다. 움직이는 고령 장수의 핵심은 근육에 있다는 것을 일본에서 알 수 있다. 잘 움직이려면 역시 잘 먹어야 한다. 그러기에 일본은 잘 씹는 구강 건강을 강조한다. 80세까지 치아 20개를 유지하자는 운동을 하여 80세 50% 이상이 그 목표를 이루는 작은 기적을 이뤘다.

우리도 그렇게 돼야 하기에 일본의 80-20 기사를 알고 있어야 한다. 일본은 휠체어 고령자도 지낼 수 있도록 한 해 50만 채의 문턱을 없애고, 곳곳에 손잡이를 달고, 슬로프를 설치하고 있고, 동네 치매 환자들을 돌보는 의료 사랑방도 5,400여 곳에 이른다. 쇠약해진 노인들은 병원에 가기도 힘들다. 이에 일본에서는 의사가 환자 집으로 찾아가는 왕진이 1년에 100만 건 넘게 이뤄진다.

제3장
아프지 말자
건강

아프지 말자

지금부터 나도 나이가 들어감에 따라 실제 경험한 얘기를 적고자 한다.

알츠하이머병은 치매를 일으키는 가장 흔한 퇴행성 뇌 질환으로 1907년 독일의 정신과 의사인 알로이스 알츠하이머 박사에 의해 최초로 보고되었다. 알츠하이머병은 매우 서서히 발병하여 점진적으로 진행되는 경과가 특징적이다. 초기에는 주로 일에 대한 기억력에서 문제를 보이다가 진행하면서 언어기능이나 판단력 등 다른 여러 인지 기능의 이상을 동반하게 되다가 결국에는 모든 일상생활 기능을 상실하게 된다. 알츠하이머병은 그 진행 과정에서 인지 기능 저하뿐만 아니라 성격 변화, 초조 행동, 우울증, 망상, 환각, 공격성 증가, 수면장애 등의 정신 행동 증상이 흔히 동반된다. 말기에 이르면 경직 보행 이상 등의 신경학적 장애 또는 대소변 실금, 감염, 욕창 등 신체적인 합병증까지 나타나게 된다.

우리나라는 2017년, 65세 이상 노인 인구가 전체 인구의 14.2%를 차지해 고령사회로 진입했다. 2026년에는 노인 인구가 전체의 20%를 넘는 초고령사회가 된다. 인구 5명 중 1명이 노인이 되는 것이며, 세계 장수국가 10위 이내에 진입한다. 건강이나 부상, 사고 없이 아프지 않고 살 수 있는 건강 수명은 여성이 77세, 남성은 72세로 조사되었다. 기대 수명까지 여성은 평균 11년, 남성은 9년을 아픈 채 노후를 보내야 한다는 얘기다.

치매(癡呆)라는 용어는 라틴어에서 유래된 말로, '정신이 없어진 것'이라는 의미를 지니고 있다. 평소에 갑자기 단어가 떠오르지 않거나 물건을 둔 자리가 생각나지 않는 경우가 있다. 나이가 들면 사소한 것들도 깜빡한다. 이런 경우에 보통 나이 탓을 하기 쉽다. 하지만 무심코 넘길 일이 아니다. 뇌세포가 늙고 있다는 증거이고, 30세 이후부터 뇌세포는 감퇴하기 시작한다. 여기에 지속적인 스트레스와 알코올 섭취, 영양 부족 등으로 기억력이 떨어지기 시작한다.

뇌는 두 가지 감정을 동시에 품지 못한다. 분노와 기쁨, 증오와 연민이 같은 순간에 일어날 수 없다. 거의 같이 일어나는 것처럼 느낄 때가 있지만, 이것도 순차적인 상태이지 동시는 아니다. 뇌는 한 번에 한 가지 감정만 처리한다. 따라서 지금의 감정 상태에서 벗어나고자 한다면 뇌가 다른 감정을 느끼도록 해줘야 한다. 화가 날 때 음악을 듣거나 달리고 나면 기분이 달라지는 이유가 이 때문이다.

아이들의 뇌는 감정 전환을 아주 유연하게 잘한다. 말썽 부린다고 엄마한테 엉덩이 맞고 서럽게 울다가도, 엄마가 먹을 것을 주면 울음을 뚝 그치고 방글거리며 먹는다. 서럽던 감정은 깨끗이 잊은 채. 그러나 어른들은 이런 감정 전환이 쉽지 않다. 언짢은 일로 종일 찌푸리고 있다가 저녁에 텔레비전 앞에서 코미디 프로그램을

보며 잠깐 웃어보지만, 잠자리에 들자마자 다시 그 일을 떠올리고
는 밤새워 뒤척인다. 뇌에서 감정에 관한 기억을 관장하는 곳이 편
도이다. 태어나서 고양이를 한 번도 보지 않은 쥐도 생전 처음 보
는 고양이와 맞닥뜨리면 도망을 간다. 고양이에 대한 두려움의 감
정이 쥐의 편도에 유전적으로 기억되어있기 때문이다. 그러나 편도
에 손상을 입은 쥐는 고양이 앞에서도 태연하다. 편도의 감정기억
은 이처럼 생존에 반드시 필요한 정보인 경우도 있고, 사고와 행동
에 장애로 작용하는 경우도 있다. 이 중요한 편도는 대뇌변역계에
위치하며, 해마는 많이 알고 있어도 편도는 잘 모르는 사람이 많지
만, 가까이 붙어 있는 해마와 함께 기억 활동에 관여한다. 해마는
기억 자체를 기억하며, 편도와 긴밀한 협조 관계를 이룬다. 우리가
수많은 정보 중에서 감정과 결합된 정보를 더 오래 기억하는 이유
가 바로 편도가 해마의 기능에 관여하기 때문이다.

　슬픔, 두려움, 분노, 외로움, 기쁨, 만족, 우울, 미움 같은 온갖 감
정을 걸러내는 편도에는 감정의 찌꺼기가 쌓이기 쉽다. 감정의 찌꺼기
가 쌓이면 편도의 조절 기능이 떨어진다. 해마와 함께 정보를 저장하
거나 삭제하는 일을 원활히 수행할 수 없으며, 감정의 기억이 장애로
작용하기도 한다. 편도의 기억을 정화하기 위한 이미지 수면은 감정
적 기억의 장애에서 벗어나는 데 도움이 된다. 이미지 수련은 상상을
통해 정보를 컨트롤하는 방법인데, 이를 최면요법과 비교해 설명하면
이해하기 쉬울 것이다. 최면요법은 최면 상태에서 뇌의 저항을 받지

않고 정보를 주입하여 이후에 그 정보가 무의식적으로 작동하게 한다. 이는 마취주사를 맞고 수술을 받는 것에 비유할 수 있다.

이에 비해 이미지 수련은 스스로 운동을 해서 자연 치유력을 높이는 방식이라고 할 수 있다. 우리는 몸을 씻지 않고는 찝찝해서 그냥 잠자리에 들지 못한다. 그래서 하루 일을 마치고 몸을 씻듯이, 종일 엄청난 양의 정보를 처리해낸 뇌도 잠자리에 들기 전에 잠시 보살펴주면 뇌가 좋아할 것이다. 뇌는 우리가 잠든 동안 저 스스로 청소하고 정리정돈을 한다. 바쁜 낮에 임시로 저장해둔 정보를 다시 검토하여 제자리에 기억시키거나 삭제하고, 불필요한 정보들로 꽉 찬 휴지통을 비운다. 그런데 개중에는 잘 삭제되지 않은 정보들이 있는데, 주로 편도에 눌어붙은 감정 정보들이 그렇다. 삭제되지 않는 이 정보들은 다른 정보가 들어오는 것을 방해하거나 갖가지 오류를 일으킨다. 이런 상황을 방치하지 말고 잠들기 전에 씻어줘야 한다. 편도를 정화하는 이미지 수련을 통해 상상의 힘을 체험하게 될 것이다. 잠자리에서 천정을 올려다보며 양을 세는 일보다는 재미있을 것이다.

기억력, 즉 뇌 건강은 100세 시대에 삶의 질을 위해 미리 챙겨야 할 필수 요소다. 뇌는 전체 몸무게의 2% 정도만 차지하지만, 하루 신체 에너지 소모량의 20%를 사용한다. 같은 무게의 근육과 비교했을 때 혈액, 산소를 10배 더 사용한다. 이러한 뇌 활동에 필요한 연료는 모두 혈관을 통해 운반된다. 혈액순환이 제대로 되지 않으면 뇌는 필요한 영양을 제대로 공급받지 못해 제 기능을 다 하지 못하게 된다. 결국, 두뇌 건강은 치매로 직결된다. 우리나라 노인 10명 중 1명은 치매 환자다. 치매는 심신 고통과 경제적 부담 때문에 '나이 들수록 암보다 더 무서운 질환'으로 꼽는다.

젊은 층의 기억력 감퇴도 문제다. 스마트폰 등 디지털 기기 의존성이 커지면서 두뇌 활동이 점점 둔화하는 것이다. 그래서 '영츠하이머'란 신조어까지 등장했다. 기억력을 개선하기 위해서는 뇌세포를 손상시키는 물질로부터 뇌를 보호하고 두뇌 활동에 필요한 산소와 영양소를 충분히 공급해야 한다. 규칙적인 걷기 운동, 금주, 금연, 메모하는 습관, 독서, 충분한 수면 등으로 두뇌 기능의 저하를 예방하는 동시에 두뇌 활동을 돕는 영양소 섭취가 필요하다. 대표적인 뇌 건강 영양 성분은 '오메가3'다. 주로 고등어, 참치, 연어 같은 생선에 풍부한 영양소로, '치매 예방약'으로 불린다. 치매의 원인 물질인 베타아밀로이드가 뇌에 쌓이는 걸 막는 것으로 알려졌다. 이처럼 오메가3가 중요한 이유는 세포막과 신경계를 구성하는 주요 지침 성분이기 때문이다. 특히 뇌는 우리 신체기관 중 지질이 풍부한 조직에 해당한다. 뇌세포는 신체 내의 어떤 세포보다 더 많은 오메가3로 둘러싸여있다. 즉, 뇌의 지방산 구성은 인지력, 신경 정신적 발달 등 뇌 기능과 밀접하게 연관될 수밖에 없다. 오메가3는 두뇌 기능 향상과 더불어 각종 혈관 질환을 예방하는 것으로도 잘 알려져있다. '착한 지방'이라고 불리는 불포화지방산의 한 종류로, 콜레스테롤 수치를 낮추고 혈전 생성을 막아 혈액순환을 원활하게 한다.

노년에도 몸의 근육을 키워라

　지하철을 타면 승객 대부분이 휴대 전화를 들여다보고 있다. 손 안의 작은 화면에 세상 콘텐츠가 모두 모여있으니 편리하고 재미있다. 첨단 미디어의 발전으로 우리 뇌는 갈수록 자극적인 정보를 갈구한다. 이런 자극과 피로로 현대인은 쉬어도 쉰 것 같지 않다. 우리가 느끼는 자극은 빠른 자극과 느린 자극, 두 가지로 나뉜다. 빠른 자극은 강한 쾌감으로 또다시 경험하고 싶은 욕구를 일으킨다. 뇌에서는 도파민이라는 신경 전달 물질이 분비된다. 지하철이나 버스만 타면 스마트 폰을 열게 되는 이유다.

　그렇지만 이로 인해 목에서 허리로 이어지는 척추 건강에 아주 안 좋다. 그래서 집 주변을 산책할 때, 젊은 사람은 체면을 구기겠지만, 남녀노소 쉽게 할 수 있는 동작인 선비처럼 뒷짐을 지고 가슴을 펴고 다니면 좋다. 뒷짐을 지고 걷는 일명 '선비 자세'는 척추 건강에 도움을 준다. 허리는 척추가 받는 부담을 분산하기 위해 S 자 형태인 '전만 곡선'을 유지하고 있다. 하지만 현대인은 스마트폰 사용 등으로 인해 허리를 숙인 채로 지내 전만 곡선이 흐트러지기 쉽다. 이때 허리를 뒤로 젖히면 척추가 펴지고 디스크에 가해지는 부담이 줄어 척추 건강에 좋다. 전문가는 "선비 자세를 하면 허리를 뒤로 자연스럽게 젖힐 수 있다."라고 하며, "디스크 압력을 낮춰 척추 질환을 예방하는 효과도 있다."라고 말했다.

뒷짐을 지고 걸으면 목, 가슴, 어깨 건강에도 도움을 준다. 전문가는 "뒷짐을 지고 걸으면 자연스레 턱을 들게 돼 목뼈의 'C자' 곡선 유지에도 도움을 준다. 그리고 가슴도 펴지고, 날개뼈를 모아줘 굳어있던 가슴과 어깨 건강에도 도움을 준다"라고 말했다. 이어 "실제로 뒷짐을 지고 걷는 자세는 척추 수술을 받은 사람뿐 아니라 목이나 허리 통증이 있는 사람에게도 권장한다."라고 말한다.

뒷짐을 지고 걸을 때 손의 위치는 허리 중앙부에 두고 살짝 앞으로 미는 듯한 느낌으로 걸어야 한다. 시선은 약간 위쪽에 둬 고개를 살짝 든 채로 다닌다. 옆에서 봤을 때 머리는 중앙에 오도록 턱을 뒤로 당겨야 한다. 가슴은 활짝 펴고 걸어야 스트레칭 효과가 더해진다.

반면 느린 자극은 온화한 즐거움을 준다. 좋은 감정을 가진 사람을 만나거나 감동적인 글귀를 읽었을 때 느끼는 기분이다. 이때 뇌에서는 세로토닌이 분비돼 행복감을 느낀다. 쉴 때도 과학적 방법으로 쉬어야 한다. 우리 몸의 자율신경계는 교감신경과 부교감신경으로 이루어져있다. 제대로 휴식을 취하기 위해서는 먼저 느리게, 깊고 천천히 호흡해야 한다. 이렇게 1분 이상 지속하면 온몸이 따뜻해지고 이완된다. 두 번째는 마사지다. 온몸을 부드럽게 여기저기를 주물러주면 긴장이 누그러지고 침(소화액) 분비가 늘고, 위장 활동이 촉진돼 소화도 잘된다. 마지막으로 명상도 좋은 방법이다.

최근 주목받고 있는 '마음 챙김 명상'은 편안한 자세를 취한 후 몸의 감각과 호흡을 의식하며 명상하는 방법으로, 휴식 효과가 과학적으로 입증됐다.

문명의 이기(利器)들이 등장하면서 현대인의 정신은 점점 피폐해지고 있다. 제대로 쉬려면 의식적으로라도 호흡을 가다듬고 온몸을 주무르고 명상하는 시간을 가져야 한다.

요즘 몸이 뚱뚱해서 고민하는 사람도 많지만, 오히려 몸이 말라서 고민하는 경우도 많다. 나 역시 그런 사람 중의 한 사람이다. 아무리 먹어도 살이 안 찌는 사람은 흡수율이 높은 콩 단백질을 먹는 게 좋다고 한다. 나이를 먹어가면서는 근육이 빠지기에 균형감각이 떨어지고, 자주 넘어져 큰 부상으로 이어지는 경우가 많다. 몸무게가 줄면 지방이 아니라 근육량이 준다. 그래서인지 요양원에 노인들은 대부분 몸이 말라있다. 몸이 마르고 근육이 줄어드는 대표적 원인은 단백질 부족이다. 단백질은 우리 몸의 신진대사 및 근육 재생에 필요한 영양소다. 이를 제대로 공급받지 못하면 근육에 저장된 단백질을 사용하기 때문에 남아있던 근육마저 없어지고 건강에도 이상이 생길 수 있다. 해서 근육 세포를 만드는 데 가장 좋은 단백질원은 콩(대두)이다. 고단백인 데다 식이섬유와 필수아미노산 함량이 풍부하고 흡수율도 좋다.

또한, 의도치 않게 항문 밖으로 변이 새는 변실금 환자가 많다. 이는 노화로 인한 장, 근육, 신경 약화로 인해 괄약근이 손상되어

변 조절이 잘 안 되고 속옷에 변이 항상 묻어나온다면 병원을 찾아서 항문 괄약근 압력, 예민도, 손상도와 골반 근육 등을 확인해 진단받아야 하는데, 변실금 환자는 자신이 변실금인지 잘 모른다. 알아도 부끄러움과 수치심을 심하게 느껴, 증상을 숨기고 싶어 해 병원을 잘 찾지 않는데, 혼자 할 수 있는 운동이라면 항문에 힘을 주어 조이는 항문 운동이 좋다고 한다.

위험한 낙상

세상 살면서 피하기 어려운 것이 노인 낙상이다. 낙상을 예방하기 위해서는 꾸준히 근력을 강화해야 하고, 낙상이 골절로 이어지지 않기 위해서는 뼈 관리가 무엇보다 중요하다. 낙상은 노인의 건강을 위협한다. 노인 낙상은 주로 골절로 이어지고, 심한 경우 사망에 이를 수 있다. 낙상의 위험 인자는 환경요인과 내적요인으로 나뉘는데, 환경요인은 미끄러지거나 걸려 넘어져서 무게중심을 잃어버리는 모든 상황이다. 내적요인은 시력 저하, 균형 기능 약화, 하지 근력 약화 등이다. 이 중 균형 기능 약화는 낙상의 주원인이다.

신체 균형을 잘 잡기 위해서는 하체의 근력과 유연성이 좋아야 한다. 하지만 건강한 사람도 나이가 들면 근육이 감소한다. 중년 이후에 두드러지지만, 30대부터 시작된다는 사람도 있다. 균형 기능도 노화에 따라 약해지면서 낙상 위험이 커진다. 노인이 낙상을 조심해야 하는 이유 중 하나는 골절 때문이다. 심한 골절로 인하여 침대에 오래 누워있는 경우는 무서운 욕창이 다가올 수 있다.

욕창은 노인들이 요양시설에서 생활하는 중 발생하기 쉬운 문제 중의 하나로 예방 및 세심한 주의 관찰이 필요하기에 여러 번 강조해도 무리가 없다. 욕창은 우리 몸의 어느 부위든 뼈가 튀어나온

부분에 지속적인 압박 또는 반복적인 압박이 가해짐으로써 허혈성 조직 괴사로 생기는 피부의 궤양, 피하조직의 손상이다. 대개 중증 환자가 오래 병상에 누워있을 경우에 바닥에 직접 닿는 부위에 생기는 압박 괴사를 말하며, 산소 공급이 안 되어 피부가 죽는 질환이다. 두 시간 이상의 지속적인 압박으로 쉽게 발생하기 때문에 예방이 최우선이다. 특히 오랫동안 누워있는 환자들은 혈액순환이 잘되지 않아 신체의 압박되는 부위(주로 골 돌출부)에는 국소 빈혈로 피부가 괴사되면서 욕창이 생기고, 모든 연령층에서 발생할 수 있으나 주로 노인이나 환자에서 많이 발생한다. 욕창이 생기면 피부가 패여들어가면서 심해지면 근육, 뼈까지도 드러나게 되어, 이 부분을 통해 감염이 되면 패혈증 등 심한 부작용이 나타난다. 심지어 사망에 이르는 수도 있다. 따라서 욕창이 생기지 않도록 예방하는 것이 매우 중요하며, 욕창이 생겼을 경우 건조하게 공기에 노출시켜 빨리 피부가 재생되도록 도와주고, 더 이상 커지지 않도록 해야 한다.

골절은 골밀도와 밀접한 관련이 있다. 보통 골밀도는 35세에 최고치에 도달한 후 매년 감소하다 60대에 이르러서는 골다공증으로 악화되는 경우가 많다. 골다공증이 대표적인 노인성 근골격계 질환으로 불리는 이유는 60대 이상이 약 80%를 차지하기 때문이다.
　여러 가지 낙상 예방을 위한 다양한 대안이 생겨나고 있지만, 근본적인 예방법은 결국 적절하고 규칙적인 근육 운동이다. 적당한 운동은 근육과 인대를 강화해 균형 기능을 키우고, 골밀도를 높이기 때문이다. 그중에서도 체중 부하 운동은 골밀도를 높이는 데 효과적이다. 체중 부하 운동이란 뼈에 무게가 실리는 가벼운 근력 운동을 말한다. 맨손 체조, 걷기, 조깅과 가벼운 근력 운동이 좋다. 운동 강도는 비교적 가벼운 강도와 보통 강도 사이의 수준을 유지하고 일주일에 3일 이상, 하루에 최소 20분 이상해야 효과가 있다.

우리나라의 고령화 문제는 심각하다. 통계청에 따르면 2000년 7%였던 65세 이상 고령화율은 지난해(2018년) 14% 돌파했고, 2025년엔 고령화율이 20% 이상인 초고령사회에 진입할 전망이다. 노인은 갈수록 늘어나고, 그에 따른 질환도 다양해져 사회적 비용도 꾸준히 증가한다. 노인성 근골격계 질환은 피할 수 없는 현실이다. 지금부터라도 예방과 치료에 적극적으로 대처해야 한다. 노년의 삶은 건강해야 행복하기에 작은 습관만 바꿔도 세월을 거슬러 올라갈 수 있다. 이제는 현실이 된 100세 시대에 근육 운동으로 노인들이 건강한 새 인생을 설계할 수 있어야 한다. 만약 낙상으로 큰 부상을 입어 병원이나 요양원에 있게 되면 종일 계속 누워있어야 하는 와상으로 무서운 욕창에 걸리기 쉽기 때문에 자주 체위 변경을 해줘야 한다.

무서운 욕창의 정의

　실제로 내가 요양원에서의 겪은 일로 요양원에서는 욕창으로 인하여 고생을 많이 하는 어르신을 보게 된다. 욕창은 우리 몸의 어느 부위든 뼈가 튀어나온 부분에 지속적인 압박 또는 반복적인 압박이 가해짐으로써 허혈성 조직괴사로 생기는 피부의 궤양, 피하조직의 손상이다. 대개 중증 환자가 오래 병상에 누워있을 경우에 바닥에 직접 닿는 부위에 생기는 압박 괴사를 말하며, 산소 공급이 안 되어 피부가 죽는 질환이다. 두 시간 이상의 지속적인 압박으로 쉽게 발생하기 때문에 예방이 최선이다. 오랫동안 누워있는 환자들은 혈액순환이 잘되지 않아 신체의 압박되는 부위에는 국소 빈혈로 피부가 괴사되면서 욕창이 생긴다. 모든 연령층에서 발생할 수 있으나 주로 노인이나 환자에서 많이 발생한다.

　욕창은 처음에는 피부가 빨갛게 벗겨지고 창백해진다. 빨갛게 된 피부는 건조하게 공기에 자주 노출시켜야 한다. 가벼운 마사지는 몸의 혈액순환을 돕지만, 욕창 부위는 마사지해서는 안 된다. 여기서 무서운 것은 욕창이 생기면 피부가 움푹 패여들어가면서 화산 분화구같이 보이고, 심해지면 근육이나 뼈까지도 드러나게 된다.

　몸의 위치를 2시간마다 바꿔주고, 체위 변경시 환자를 끌어당기거나 밀지 말고 굴리거나 들어야 한다. 베개나 부드러운 도구를 사용해서 뼈 돌출부에 압력이 직접 미치지 않도록 해야 한다. 밑에 까는 시트는 늘 건조하고 팽팽하게 하고 구김살이나 부스러기가 없도록 관리한다. 마사지와 운동으로 혈액순환을 자극하여 피부에 영양을 공급하도록 한다. 또한, 압력을 방지하기 위한 복지용구를 사용한다. (복지 용구로는 욕창 방지 에어메트리스, 욕창 방지 방석, 물침대 등이 있다.)

얼마 전까지 근무했던 요양원의 여성 어르신의 등을 보니 욕창으로 인해 여러 군데 큰 구멍이 보였다. 간호조무사가 하얗게 보이는 부분을 예리한 칼과 가위로 제거하는 모습을 보니 섬뜩한 생각이 들었다. 심한 경우 패혈증으로 인해 사망으로 이어진다고 하니 누워있는 와상 환자들은 체위 변경을 자주 해줘야 한다.

요양원 생활하다 보니 반 의사가 된다.

언제나 긍정적으로 살자

나이가 들면 근육이 빠지면서 자연스럽게 체중이 줄어든다. 주변서 체력을 넘어서 무리한 운동하는 것을 보는데, 도리어 건강을 해치고 체중 감소의 원인이 된다. 체중이 줄면 기력이 감소하고 자신감마저 떨어지기 쉽다. 우리가 그림을 그릴 때나 바둑을 둘 때는 어느 정도 완성도를 상상하고 바둑도 여러 수를 생각하기에 우리 인생도 매일 설계를 해야 한다.

얼마 전 건강을 확인하러 아내와 동네 의원을 찾았다. 심전도검사와 혈액검사를 하더니 의사는 대뜸 고지혈이 있으니 다짜고짜 약을 복용하라고 하면서 처방전까지 써주었다. 의사 표정과 태도가 불친절하기에 얼마 후 큰 병원에 가서 정밀검사를 받았다. 결과는 문제가 없다는 진단이 나와 잘못하면 약을 복용할 뻔 했다. 이와 같이 의사의 처방엔 오진도 나올 수 있고, 과잉진료를 하는 경우도 있어 나의 경우는 100% 확신을 못 한다. 어떤 신문기사를 보니 의정부의 한 의사는 아예 약을 못 먹게 한다는 기사를 본 적이 있다. 약도 꼭 필요한 경우엔 먹어야겠지만, 남용돼서는 안 된다. "아는 게 병 모르는 게 약." 이 속담이 맞을 때도 있다. 뜻하지 않는 질병에 닥쳤을 때 삶에 대한 애착이 살아나 그것이 질병 극복

에너지로 쓰이는 경우가 있다.

그동안 의학계에서는 암이나 큰 병을 앓을 때 어떤 태도를 취하면 좋은 결과가 나오는지를 놓고 많은 연구를 해왔다. 일반적으로 '잘 될 거야!'라는 긍정적인 생각이 면역 체계를 건강하게 유도해 상처를 빨리 낫게 하고, 암세포 치료를 돕는 것으로 조사된다. 낙천적인 생각은 심장병이나 뇌졸중 발생 위험도 낮춘다. 하지만 어떤 생물학적 과정을 거쳐 이런 일들이 벌어지는지는 명확히 규명이 안 됐다. 한편으로는 누구나 낙천적인 생각을 가질 수 없기에 '낙천의 효과'가 그렇지 않은 사람에게 괜한 낭패감만 심어준다는 지적도 있다. 암에 걸려 육체와 정신이 지치고 피곤한데, '명랑'하지 못해서 오는 좌절과 불안이 되레 병세를 악화시킬 수 있다는 것이다.

투병 의지도 마찬가지다. 질병을 도전으로 받아들이고 극복하려는 적극적인 자세는 암 치료에 임하는 바람직한 대처다. 투병 의지가 암 환자의 생존 기간을 늘리고, 재발을 줄인다는 연구 결과도 나와있다. 미국의 의료사회학자는 2차 세계대전 중 아우슈비츠 등 각지의 강제 수용소에서 살아남은 사람들이나 열악한 환경에서도 스트레스를 이기고 건강하게 장수한 이들에게서 공통된 특징이 있다는 것을 파악했다. 그들은 고난과 위기를 도전으로 받아들이되, 긍정적이면서 지속 가능한 평상심을 가졌다는 것이다. 긍정과 투지가 암세포를 직접 죽이진 못 한다. 하지만 낙천이 있기에 아침에 이부자리서 일어나 식사를 맛있게 먹게 하고, 밤에 잠자리서 숙면을 취하게 한다. 지속 가능한 일상의 투지가 있기에 일련의 의학적 지시와 고통을 수반한 치료를 따르게 한다. 도전 긍정, 지속을 요체로 한 '일관된 감각'은 이제 암 극복 이론으로 자리 잡았다. 그게 어디 암에만 해당하겠는가. 뇌는 몸의 모든 부분을 관장한다. 몸의 각 부분에서 올라오는 정보를 뇌가 받아서 그에 따라 정보를 처리한다. 뇌가 받아들이는 것은 정보이다. 만약 뇌에 실제가 아닌 가상의 정보를 주면 뇌는 어떻게 반응할까? 이는 뇌가 그 정보를 믿는가, 믿지 않는가에 달렸다.

한 사형수를 대상으로 이를 실험한 예가 있었다. 사형을 선고받고 감옥에 있던 죄수에게 지금 사형을 집행한다고 속이고 사형실로 데리고 가서 눈을 가린 상태로 의자에 앉은 죄수에게 집행관은 "사형 방법은 헌혈할 때처럼 주사기를 꽂아 호스로 피가 모두 빠져나오게 할 것이다."라고 이야기한다. 그리고 실제 주사기를 사형수의 팔에 찌르는 척하고, 미리 준비한 물로 핏방울이 뚝뚝 떨어지는 소리까지 연출한다. 자기 몸속의 피가 모두 빠져나가고 있다고 믿은 죄수는 얼마 후 실제 사망에 이르렀다고 한다. 또 한 실험에서는, 눈을 가리고 상체를 벗은 피실험자에게 실험자가 "잠시 후에 불덩이를 당신 가슴에 댈 것입니다."라고 말하고는 얼음조각을 들고 천천히 피실험자에게 다가가 가슴에 얼음을 갖다대는 순간, 두려움에 질려있던 피실험자는 비명을 지르고, 그의 가슴에는 붉은 화상 자국과 함께 큰 물집까지 생겨났다고 한다.

위의 두 이야기는 좀 섬뜩하기도 하고, 인권 차원에서도 문제가 있는 실험이다. 그러나 뇌와 몸의 관계를 극명하게 보여주는 사례여서 인용을 했다. 두 실험의 피험자들이 죽거나 상처를 입은 이유는 뇌로 들어온 가상의 정보를 완전히 믿었기 때문이다. 피를 한 방울도 뽑지 않았는데 몸의 피가 다 빠져나갔다고 믿자, 뇌는 그에 따라 생명 유지 기능을 멈췄다. 또 한사람은 몸에 실제로 닿은 것은 얼음인데 불이 닿았다고 믿자, 뇌는 그 부위 세포들에게 화상에 대처하라는 지시를 내려보냈고, 세포들은 그에 따라 물집을 형성하였다. 실제로 일어난 일이 아니라 가상의 정보일 뿐인데도 뇌가 그것을 정말이라고 믿자 실제와 같은 반응이 일어난 것이다.

여기서 특별한 식습관을 가진 사람들의 이야기도 뇌의 작용을 이해하는 데 도움이 된다. 쇠, 흙, 나무 등 보통 사람에게는 먹을거리가 아닌 것을 즐겨 먹는 사람(奇人)들을 간혹 방송에서 본다. 자전거 한 대를 다 먹어치우는 남자, 수십 년 동안 날마다 집 근처 흙을 먹어온 중년 부인, 흙을 간식처럼 맛있게 먹는 소녀, 이쑤시개나 나무 쟁반이 군것질감인 여성 등 희한하고 매우 위험해보이는 식습관을 가진 이 사람들의 공통점은 건강 상태가 매우 양호하다는 것이다. 이런 경우를 보면서 사람들이 하는 생각은 대개 '어떻게 저걸 먹게 됐을까?', '저런 걸 먹고도 괜찮나?'하는 것이다. 이는 뇌의 입장에서 생각해보면 답을 알 수 있다. 그 사람은 어느 시점에 쇠, 흙, 나무 같은 것이 자신의 뇌에 '먹을거리'로 입력되는 강력한 순간을 체험했을 것이다. 그리고 이후에는 어떤 노력이나 연습

없어도 그것을 잘 먹을 수 있게 되었고, 그것을 먹을거리로 인식하는 뇌는 이를 소화 시킬 수 있는 소화액을 분비하도록 소화기관에 지시를 내린 것이다.

플라시보 효과나 상상임신도 가상의 정보를 뇌가 믿고 이에 몸이 반응하는 경우이다. 플라시보는 가짜 약이라는 뜻으로, 환자가 약 성분이 없는 흰 가루를 먹고도 약을 먹었다는 믿음 때문에 약효과가 나타나는 현상이다. 또 실제 임신한 것이 아닌데도 임신에 대한 공포나 갈망 때문에 월경이 멈추고 배가 불러오기도 한다. 영국의 메리 여왕은 상상임신을 반복하다가 실제로 상상분만까지 했다고 한다.

정보에 대한 믿음이 강력하면 뇌는 그 믿음에 따라 우리가 알고 있는 것 이상의 기능을 발휘한다. 뇌가 얼마나 막대한 기능을 가졌는지 그 누구도 알지 못한다. 그저 무한대의 잠재력이라고 표현할 뿐이다. 뇌를 움직이는 것은 정보이고, 몸은 정보를 감지하는 감각기관이다. 감각기관에서 보내는 정보를 뇌가 받아서 처리 과정을 거쳐 몸에 다시 피드백을 한다. 이때 뇌가 정보를 처리하는 데 브레이크 역할을 하는 게 '의심'과 '두려움'이라는 감정이다. 의심과 두려움이 반드시 부정적인 작용만 하는 것은 아니다. 생명체의 안전을 지키기 위해 의심하고 두려워하는 기능이 필요하다. 쥐가 고양이를 두려워하지 않으면 잡아먹히는 것과 같다. 위험하지 않은지 의심하고 두려워하는 것은 생명체의 방어본능이다.

하지만 의심과 두려움에 사로잡히면 아무것도 할 수 없다. 피하지 않고 경험하고 성장하려면 의심과 두려움의 브레이크를 풀고 믿는 힘을 써야 한다. 어떤 상황에서든 자신감을 잃지 말라고 하는 것은 스스로 믿을 때 뇌가 창조적인 힘을 발휘하기 때문이다. 신경을 기준으로 보면 몸은 뇌가 연장된 상태이다. 신경과학의 눈으로 봐도 몸과 마음은 하나이다. 자신을 건강하고 행복하게 하는 정보를 뇌에 많이 주어서 그 정보에 확신을 하면 몸과 마음이 더욱 건강하고 행복해질 것이다. 삶의 위기, 사회적 고난도 그렇게 이겨갈 수 있다.

고령자의 건강 체크

　고령자의 건강을 쉽게 진단해볼 수 있는 신체 부위별 건강 체크 포인트에 대해 알아보자.

뇌

　연세가 많은 부모님을 오랜만에 만났다면 치매 등 뇌의 퇴행성 변화가 없는지 살펴야 한다. 치매 초기에는 ▲기억력 변화 ▲일상생활 능력 변화 ▲성격 변화가 나타난다. 먼저, 과거 경험했던 일상생활이나 대화 내용을 기억하지 못한다면 기억력이 저하된 것이다. 따라서 최근 같이 경험했던 기억에 대해 육하원칙을 적용해 물어본다. 예를 들어 "지난번 어머님 생신 때 갔던 식당 기억하세요?"라고 묻고, 누구와 함께, 언제, 어디서, 무엇을, 어떻게, 왜 했는지 자세히 물어본다. 치매 초기에는 매일 하던 일상에 변화가 생긴다. 그리고 부모님이 즐기던 취미 생활, 사회활동을 유지하고 있는지 확인한다. 단순히 예, 아니오가 아니라 어디서 무엇을, 누구와 같이, 일주일에 몇 회 하는지 상세하게 질문해야 한다.

　또 평소 했던 일상생활, 예를 들면 집 안 청소, 요리, 논밭 관리, 은행 업무 보기 등을 무리 없이 하는지 체크한다. 노인은 우울증 위험이 있으므로 성격의 변화도 살펴야 한다. 모든 것에 눈에 띄게 관심과 흥미를 잃지는 않았는지 확인한다. 노인 우울증은 감정을 호소하기보다 신체의 특정 부위가 아프다고 호소하는 경우가 많다.

눈

고령자가 많이 걸리는 백내장은 눈앞이 뿌옇고 침침한 증상을 보인다. 노인성 황반변성은 시야의 중심부가 까맣게 보이거나 사물이 휘어 보인다. 백내장은 한 눈을 가린 뒤 시야가 뿌옇거나 침침해 하지는 않은지 확인을 한다. 노인성 황반변성은 TV, 화장실 타일을 한 눈으로 보게 한 다음 선이 휘어져있는지 일부 안 보이는지 살피고, 한 눈을 가리게 하고 사물을 보게 한 다음 시력 차이가 있는지 확인하는 것이 좋다. 책을 읽을 때 눈을 찡그리게 되고, 눈이 예전과 같지 않다고 느끼지만, 보통 '노안이 시작되었구나.'라고 대수롭지 않게 여긴다. 하지만 시력 변화가 있다는 것은 눈이 경고 신호를 보내고 있다는 것을 알아야 한다.

성인의 시력 저하를 일으키는 가장 흔한 원인 중 하나인 '백내장'은 우리 눈에서 카메라 렌즈와 같은 역할을 하는 수정체가 뿌옇게 변해 생기는 질환이다. 나이가 들면서 수정체를 형성하는 단백질에 변형이 생기는 것이다. 이러한 백내장은 시력 저하와 대비 감도(**빛의 강약을 구별하는 시각 능력**)의 저하 빛 번짐, 겹쳐 보임 등의 증상을 보인다.

백내장 발생의 위험인자로는 당뇨, 스테로이드 사용, 흡연, 고혈압, 근식, 자외선, 가족력, 비만 등이 알려져있으며, 외상이나 감염, 염증 등에 의해서도 이차적으로 백내장이 발생할 수 있다. 녹내장은 당뇨병성 망막병증, 황반변성과 더불어 한국인의 3대 실명 원인으로 불린다. 눈

(망막)을 통해 받아들인 정보를 뇌로 전달하는 시신경이 손상돼 시력이 떨어지다 급기야 실명에 이르는 무서운 질환이다. 다행히 건강검진을 통해 조기에 시신경의 이상을 발견하는 녹내장 의심 환자가 늘고 있지만, 이들 중 실제 녹내장으로 발전하는 경우는 일부에 그쳐 치료 시작 여부를 정확히 판단하는 데 어려움이 있었다.

녹내장의 주요 원인은 안압 상승으로 인한 시신경 손상이다. 안압 상승으로 인한 스트레스가 시신경 내부의 사상판에 작용하면서 사상판이 뒤로 휘고, 이렇게 변형된 사상판이 시신경 손상을 일으키는 것으로 추정돼왔다.

귀

아이를 데리고 부모님과 5분 정도 대화를 해보자. 노인성 난청이 있으면 저음이 잘 안 들려 아이와 대화를 잘 못한다. '스', '츠', '트', '크'와 같은 고주파음도 못 듣는다. ▲예전보다 목소리가 커졌거나 ▲대화를 계속 피하거나 ▲TV 음량을 너무 키우는 것도 노인성 난청 증상이다.

노인성 난청이 있으면 뇌에 충분한 소리 자극이 전달되지 않아 기억력이 떨어져 치매 발병 가능성을 높인다. 또 노인성 난청을 치료하지 않고 내버려두면 인지 기능이 계속 떨어지기 때문에 청각 재활을 하거나 보청기를 사용하는 등 최대한 빨리 조치해야 한다.

호흡기

　노인 감염 질환 중 가장 흔한 사망 원인인 '폐렴'을 점검해야 한다. 나이가 들면 폐 근육이 약해지고 이물질 배출 능력이 떨어져 폐렴균 감염에 취약해진다. ▲기침을 지나치게 많이 하거나 ▲숨 쉴 때마다 통증을 호소 ▲말할 때 가래 끓는 목소리 ▲입술이나 손발이 파래지는 등의 증상이 나타나면 폐렴을 의심해야 한다. 폐렴은 예방 백신 접종을 받아야 한다. 현재 65세 이상 노년층은 폐렴 백신이 무료다. 그리고 걷기, 자전거 타기 등 유산소 운동은 호흡근 강화에 도움이 된다. 숨이 가쁜 정도의 강도로 30분 이상 주 3회 실시해야 한다.

소화기

　전보다 체구가 왜소해졌다면 '위암'과 '대장암'을 검사해야 한다. 위나 대장에 종양이 있으면 소화가 잘 안 되고 통증과 속쓰림 때문에 식사를 거르기 때문이다. 대변 색깔이 검은색이라면 위암, 빨간색이라면 대장암을 의심해야 한다. 이때는 내시경검사를 통해 정확하게 검진받는 것이 좋다.

허리

　서있거나 걸을 때 자세가 구부정하다면 노인에게 오기 쉬운 허리 질환인 '퇴행성 척주후만증'을 의심해야 한다. 원인은 등 근육 약화로 의자나 침대를 사용하지 않고 바닥 생활을 하거나, 농사일을 하는 노인에게 잘 발생한다. 가벼운 퇴행성 척주후만증은 뒷짐 지고 걷기, 지팡이 사용 등으로 호전된다.

무릎

나이 들수록 퇴행성관절염 유병률은 증가하는데, 가장 흔한 만성 관절 질환이기도 하다. 무릎은 퇴행성 관절염이 가장 잘 생기는 부위라 차를 타거나 내리는 모습을 눈여겨보자. 앉았다가 일어나는 동작을 할 때 무릎 힘이 많이 쓰인다. 대개 관절염이 있는 사람은 통증 때문에 자연스럽고 편하게 차에 한 번에 타거나 내리지 못하고 비틀거리거나 주변의 도움을 받는다. 평소와 달리 절뚝거리며 걷거나 계단 이용을 꺼릴 때도 마찬가지로 퇴행성 관절염을 의심할 수 있는데, 그때는 심하게 연골이 마모된 상태일 수 있어 병원을 찾아 검사해야 한다. 이때 가파르고 비탈진 산 등을 가는 것은 가급적 피해야 한다. 또한, 무릎 건강은 근육을 강화해야 뼈에 가는 스트레스를 줄여준다.

무릎이 아프지 않은 중장년층은 드물고 관절의 노화는 어쩔 수 없는 부분이다. 우리 몸은 기계와 같아 몇십 년 썼으니 당연하고 과도하게 사용하면 고장날 수밖에 없다. 가령 시골에서 몸으로 일을 많이 하는 사람은 관절이 금방 망가지고 반면 도시 사람들은 70~80세에도 멀쩡한 사람들이 많다.

평소 관절 건강을 위해 지켜야 할 것을 알아본다면 우리 몸은 뼈, 인대, 근육으로 움직이는데 근육의 힘이 적으면 뼈가 스트레스를 받고, 근육이 강하면 근육이 충격을 완화해 뼈에 가는 스트레스를 줄여주기에 근력을 강화해야 한다. 쪼그려 앉는 것도 아주 좋지 않다. 또 인공관절 수술을 했을 때 예후가 좋지 않은 경우는 거의 염증 때문이다. 인공관절하고 염증이 생겨서 계속 재수술을 받다가 마지막엔 과감하게 인공관절을 빼고, 휠체어를 타고 다니다 염증이 없어진 후 재건 수술을 하고 지팡이 하나로 다니는 경우도 있다. 그래서 염증이 말썽이지만 관리를 잘하면 오래 쓰고, 인공관절도 기구인 만큼 몸에 반응을 하기에 관리를 잘해 정말 오래 쓰는 사람들도 많다. 인공관절은 보통 10~20년 정도 사용할 수 있다고 전문가들은 말한다.

스트레스를 푸는 방법

직장이나 집에서 등등 쌓인 스트레스를 어떻게 풀어야 할까? 갑자기 치밀어 오르는 분노는 어떻게 다스려야 할까? 심한 스트레스는 화병을 부르거나 분노조절장애로 발전해 자신뿐 아니라 남에게도 피해를 줄 수 있다. 스트레스에 관한 내용을 Q&A 형식으로 정리해보았다.

Q. 살다 보면 분노가 치미는 상황이 많은데 화를 어떻게 조절하나?

A. 화 자체는 나쁜게 아니다. 문제는 '화를 어떻게 다루느냐?' 하는 기술이다. 일단 화가 나면 합리적으로 사고할 수 없다. 따라서 화가 나면 가능한 그 상황에서 벗어나야 한다. 즉 도망가라는 얘기다. 대개 화는 짧게는 몇 초에서 길게 가도 5분이면 풀린다. 이렇게 화를 가라앉힌 뒤 그 상황을 천천히 되짚어보면 정말 내가 화를 낼 상황이었는지, 만약 화를 냈다면 결과가 어땠을지 상상(생각)해보는 거다. 그래도 화를 내야 할 상황이 맞다면 똑똑하게 화를 내야 한다. 과거에 쌓인 감정까지 내뱉지 말고, 화가 나게 만든 현재 사건에 한정해 화를 내야 상대방도 받아들인다. 그리고 화는 오늘 안으로 끝내고 직장에서의 화를 집으로까지 가져가면 잠도 못 자고 흥분한 자율신경계로 불안해져 수명이 단축되고 본인만 손해다.

Q. 유독 스트레스에 취약한 사람이 있는데 어떻게 해결해야 하나?

A. 성격상 남을 배려하고 존중하는 사람들, 즉 성격이 섬세하거나 예민한 사람이 스트레스에 취약하다. 상사에게 인사를 했는데 안 받아줬다면 이런 분들은 내가 잘못한 게 있는지 평소 나에게 서운한 감정이 있었는지 다음에도 인사를 받아주지 않으면 어떻게 해야 하는지 등 오만가지 생각을 한다. 그런데 인사를 했을 때 상사가 보지 못했을 수도 있다. 있는 그대로를 봐야 한다. 괜히 문제를 확대 해석하지 말라는 것이다.

Q. 일을 완벽하게 하려는 '일중독'은 괜찮나?

A. 완벽주의는 좋은 것이다. 그런데 직장이 아닌 노래방에서까지 완벽주의를 요구하는 사람이 있다. 일을 완벽하게 해도 일상생활과 연결시키지 말아야 한다. 또 본인만 완벽주의면 되는데 남들까지 완벽주의가 되길 요구하면 타인과 좋은 관계를 맺기가 힘들어진다. 완벽주의자들은 본인이 정한 틀이 있다. 이 틀에서 벗어나면 큰일이 나는 줄 안다. 그러니 늘 긴장하면서 살 수밖에 없다. 하지만 틀에서 벗어난다고 큰일이 생기지 않는다. 그것을 수용할 필요가 있다.

Q. 좋은 관계란 서로 공감하는 관계다. 공감 능력을 키우려면 어떻게 해야 하나?

A. 인간이 받는 스트레스의 90%가 인간관계에서 온다. 평소 우리는 '당신은 이게 잘못 됐어.' 같은 판사 노릇에 익숙하다. 그러다 보니 '꼰

대' 소리를 듣는다. 판사 노릇을 하면 공감을 얻지 못한다. 가끔 판사가 필요할 때도 있지만 90%는 변호사 노릇을 해야 한다. 상대방 입장에서 생각하고 행동하는 것이다. 평소 멍 때리기나 명상을 하면 도움이 된다.

Q. 어떻게 하면 '행복 호르몬'으로 불리는 세로토닌이 많이 분비되나?

A. 일상에서 행복을 느껴야 한다. 평소 감사하는 훈련을 하자. "내가 정말 많은 사람에게 도움을 받았구나."라고 말하는 사람은 표정이 다르다. 작은 일상에서 감사할 것을 찾아보자. 나는 벽에 감사하자는 글을 붙여놓았다. 매일 30초간 그 글을 보면서 감사할 대상을 떠올린다. 그렇게 한 달만 하면 표정이 바뀌고, 1년이 지나면 인생이 달라질 것이다.

Q. 힘들게 사는 현대인에게 꼭 하고 싶은 얘기는?

A. 인생은 피곤하다. 힘든 날은 언제나 오기 마련이고, 인생은 길다. 좌절은 긴 인생에서 극히 일부분이고, 그것이 우리 인생을 압도해서는 안 된다. 힘들 때도 다시 일어나 우리 길을 가야 한다. 우리가 얼마나 귀하고 소중한 존재인지 알면 우리가 지금 겪는 스트레스나 좌절은 결코 장담하건대 우리의 적수가 되지 못한다.

노인 냄새

나이가 들면 젊을 때는 나지 않던 냄새가 난다. 특히 더운 날씨에는 냄새가 더 심해진다. 오래된 책 냄새, 양초 냄새, 치즈 냄새가 난다고 표현하는데, 나이가 들면 왜 이런 '노인 냄새'가 날까?

혼자 사는 남자에게 흔히 '홀아비 냄새'가 난다고 한다. 홀아비 냄새는 노화나 호르몬같이 생리학적 원인이 있는 것이 아니라 개인위생과 연관 있다. 중장년층 남성의 절반 이상이 가지고 있는 질환인 전립선비대증도 원인이 될 수 있다.

"전립선비대증이 있으면 소변을 시원하게 보지 못한다. 요도에 소변이 남아 박테리아가 증식하면서 냄새를 유발할 수 있다."라며 비슷한 이유로 여성은 요실금을 주의해야 한다고 전문가는 말한다. 노인 냄새는 완전히 제거하기는 어렵지만, 생활습관 개선을 통해 어느 정도 줄일 수 있다.

1. 비누 세정제 사용해 입욕 권장

비누와 세정제는 피지를 없애주는 효과가 있으므로 샤워나 목욕 시 반드시 사용한다. 충분히 거품을 낸 다음 흐르는 물로 깨끗하게 닦아낸다. 시중에 '노인 냄새 잡는 비누'라며 고가에 판매되고 있는데, 세정력에는 큰 차이가 없다. 세정제로 회음부, 겨드랑이, 발가락은 꼼꼼히

닦고 매일 샤워를 한다. 귀 뒤는 악취가 가장 심해 잘 닦아야 하고, 샤워만으로는 부족하므로 일주일에 최소 2회 이상 입욕을 하며 피부를 불려 산화 성분을 제거할 수 있다.

2. 물을 많이 마신다.

물은 노폐물을 배출하는 효과가 있다. 노폐물 배출이 원활하지 않으면 냄새가 심해진다.

3. 햇살 아래서 산책하기

자외선에는 살균 효과가 있어 냄새 제거에 도움을 준다. 적당한 운동은 땀 배출량을 늘려 노폐물이 나오게 해 냄새를 줄인다.

4. 속옷은 자주 갈아입기

분비물을 흡수하는 속옷을 자주 갈아입어야 한다. 또한, 체취가 남을 수 있는 겉옷, 양말, 침구류는 자주 세탁하고, 냄새가 사라지지 않으면 삶는다. 운동화도 최소 2켤레 이상 준비해 갈아 신으면 좋다.

5. 기름진 음식은 적게, 채소는 많이

채소와 과일에 함유된 항산화 성분은 산화 방지에 도움이 된다. 기름진 음식은 지방산을 많이 만들어 냄새를 유발할 수 있으므로 섭취를 줄여야 한다.

6. 창문을 열고 환기

냄새 유발 성분은 호흡기를 통해서도 나온다. 숨 쉴 때 나온 냄새 유발 성분이 집안에 축적되면 냄새가 독해지므로 자주 환기해야 한다.

질병관리본부 조사에서 '공공화장실 이용 후 손을 씻는다.'라는 질문에 남성은 66%, 여성은 77%가 '그렇다.'라고 응답했다. 화장실은 세균이 많은 장소이므로 소변만 봐도 손을 씻어야 하는 것이 상식 같지만, 실상은 그렇지 않다. 손에 묻은 소변은 정말로 불결하고 세균이 많은 것일까? 사람 몸에는 수천 종류, 100조 개 이상의 세균이 서식하지만 대부분 병원성이 거의 없다. 외부 생식기를 포함한 골반 부위는 코나 손보다 세균의 종류나 숫자가 많지 않다. 손으로 만지고 흔히 사용하는 물건일수록 세균이 많다. 스마트폰, 리모컨, 지폐, 문고리, 손잡이 등이다.

세균학적으로 화장실 역시 일반 환경과 크게 다르지 않다, 변기보다 세균이 더 많은 물건은 컴퓨터 키보드나 마우스로, 변기의 5배나 되는 세균이 있다. 이외에도 엘리베이터 버튼은 변기의 40배, 마트의 카트는 200배, 사무실 책상은 400배의 세균이 존재한다. 일반적으로 대변과 소변에는 세균이 많을 것으로 생각한다. 영양분이 흡수되고 남은 찌꺼기가 장내 세균과 함께 배출되는 대변에는 많은 세균이 존재한다. 소변은 혈액 내 대사 과정에서 만들어진 결과물이 신장에서 걸러져 물에 녹아있는 것이다. 외부에서 침투하지 않는 한 세균이 존재할 수 없다. 간혹 소변에서 발견되는 세균의 대부분은 항문 주변의 세균이 요도를 통해 침입한 것이다. 이로 인해 방광에 염증이 생기는 감염 질환이 방광염이다. 손에 소변이 좀 묻는다고 해도 소변에는 세균이나 특별히 해를 끼치는 물질이 포함돼있지 않으므로 사실 손을 씻을 필요는 없지만 뭔가 찜찜해서 습관적으로 닦는다.

소변 특유의 냄새는 상온에 방치될 경우 외부 세균에 의해 오염돼 변성되면서 나는 냄새(지린내)다. 몇 방울의 소변이 손에 묻어도 활동하는 동안 바로 증발해버려 변질되지 않는다. 오히려 외부 세균이 묻어있는 손으로 성기를 만져서 오염되면 골반 상재균의 생태계가 깨지고 외음부나 요로에 염증을 일으킬 수 있다. 그래서 요로 생식기의 건강을 위해서는 소변을 보기 전에 손을 먼저 씻는 것이 더 효율적일 수 있다. 일반적인 세균이나 바이러스는 3시간 이상 생존할 수 있기 때문에 하루에 최소한 8번은 씻어야 손에 묻은 세균으로 인한 감염성 질환의 예방이 가능하다.

소변 후 손 씻기보다 더 중요한 것은 소변의 마무리다. 특히 남성은 소변을 다 본 후 후부요도에 남아있는 약간의 소변(1~2cc)이 전부 요도까지 나오도록 5초 정도 기다렸다가 다시 한 번 더 털어야 깔끔하게 마무리된다. 여성은 요도의 앞에 덮여있는 소음순에 소변 줄기가 부딪히면 허벅지나 엉덩이 쪽으로 흐르게 되므로 휴지로 잘 닦아야 한다. 먼저 질 입구 쪽을 가볍게 두드리듯이 앞에서 뒤쪽으로 닦은 후 허벅지나 엉덩이를 닦는다. 닦는 과정에서 항문 주변의 세균이 질 입구로 옮겨지지 않도록 주의해야 방광염 위험을 줄일 수 있다.

　소변을 보고 난 후 손을 씻기 싫으면 당당하게 그냥 나오면 되고 찜찜하면 씻으면 된다. 화장실과 관계없이 손은 자주 그리고 제대로 씻는 것이 좋다고 전문의는 말한다.

의사의 말을 무조건 믿지는 않는다

물론 의사를 신뢰하지 말라는 말은 아니지만, 지나치게 의지해서는 안 되는 것도 사실이다. 의사를 신뢰하지 않아 불행해진 사람보다 의사를 너무 믿은 탓에 불행해진 사람이 훨씬 많은 것은 아이러니한 일이다.

"앞으로 길어야 3개월밖에 안 남았습니다."

이런 식으로 의사가 갑자기 구체적인 숫자를 언급하면 누구나 하늘이 무너져내리는 심정이 된다. 그러나 시한부 선고의 의미는 제한된 틀 속의 이야기일 뿐이다. 그것도 해당 의료 기관이라는 한정된 틀 속에서 말이다. 게다가 환자의 신체 환경을 전혀 정비하지 않은 경우의 이야기이며, 그중에서도 생각할 수 있는 최악의 경우다.

실제로 시한부 선고를 해줘서 고마웠다고 대답한 환자는 거의 없다. 분발의 계기가 되었다는 의미에서는 좋았다고 대답한 경우는 있지만. 시한부 선고의 또 한 가지 의미는 괜히 고칠 수 있다고 했다가 나중에 안 좋은 소리를 듣는 것을 피하고 싶다는 담당의의 속마음일 수도 있다. 즉 환자를 위해서가 아니라 의사가 자신을 보호하기 위해 시한부 선고를 하는 경우도 있을 수 있다는 말이다. 참고로 실제 시한부 선고보다 짧게 산 사례는 전무하다. 종종 의사가 기간을 다소 줄여서 말한다고들 하는데, 3개월밖에 살지 못한다는 선고를 받은 뒤 5년 이상, 10년 이상, 혹은 완치해서 건강하게 살아가는 사람도 많은 것이 현실이다.

"치료할 방법은 이제 없습니다."라는 말, 이것도 의사가 해서는 안 될 말 중 하나다. 너무나 무책임하며, 절대 용납될 수 없는 말이다. 따라서 환자는 그 말을 그대로 받아들일 필요가 전혀 없다. 오히려 그렇게 말하는 담당의는 이쪽에서 포기하는 편이 현명할지도 모른다. 환자 중 대다수가 과거에 무책임한 치료 포기 선언을 받았지만 멋지게 살아가는 데 성공했기 때문이다. 그들의 말처럼, "의사가 치료를 포기한다면 그 의사를 포기하라!"인 것이다. 예전으로 돌아가서는 안 된다

이번에는 의사와 환자 모두가 오해하고 있는 점 한 가지를 구체적으로 이야기해보겠다. 최초의 치료가 끝나고 만약 암이 치유되어 퇴원하게 되었을 때, 환자가 담당의에게 물었다.

"집으로 돌아가서 주의해야 할 점은 있습니까?"

"아닙니다. 이제 안심하셔도 됩니다. 수술로 암을 완전히 제거했으니 전처럼 생활하셔도 됩니다!"

"식사는 평소처럼 하면 됩니까?"

"그러셔도 됩니다. 고기나 유제품도 많이 드셔도 되고, 체력을 키우십시오."

"직장에 복귀해도 됩니까?"

"물론입니다. 완치되었으니 예전처럼 생활하시면 됩니다."

이 말을 그대로 받아들인 환자는 물론 크게 기뻐한다. 그리고 기쁜 마음에 방심하게 될지도 모른다. 그러나 그 환자는 3년 이내에 암이 재발하거나 다른 곳으로 전이되어 재입원하게 될 확률이 높다. 여러분도 이미 눈치를 챘으리라 생각하지만, 결코 예전으로 돌아가서는 안 된다. 그리고 가장 큰 문제는 담당의조차 이 점을 착각할 때가 매우 많다는 사실이다. 그러므로 예전과 똑같이 생활하고, 일해도 된다는 것은 커다란 착각이다.

"절대 안 됩니다! 그래서는 도로 나무아미타불이 되고 맙니다. 먼저 기존의 사고방식과 생활 습관을 바꾸셔야 합니다!"라고 조언하는 것이 진정한 의사의 모습이라고 생각한다.

나의 경우도 몇 달 전에 아내와 함께 동네 의원을 찾았다가 건강검진을 받는데 고지혈증 증세가 있다고 약을 복용하라고 하였지만 약을 먹지 않았다. 의사들도 사람인지라 오진할 수도 있고 과잉 진료를 할 수도 있다. 약이란 한 번 먹으면 계속 먹어야 하는 경우도 많은데, 의사라고 처방을 하면서 끝도 없이 오래 먹으라고 하기에 의사에게 뭐라고 하였다. 그 의사는 자기 병원에 찾아온 손님에게 거만한 태도에 명령조로 쳐다보지도 않고 얘기하기에 괘씸하게 보였다.

요즘은 무엇을 하던 친절이 최고의 서비스이다. 불친절한 태도는 누구이든지, 무슨 업종이든지 살아남기 힘들다. '의사의 말은 믿되 (참고하되) 맹신하지 말자!'는 나의 생활신조다. 결국, 고지혈증이 쩜

찜하여 다시 큰 병원을 찾아 검진을 받은바 이상이 없고 정상적이라는 결과를 접했다. 그때 그 의사의 말을 믿고 쓸데없는 약을 계속 먹었다면 약에 대한 내성도 약해지고 시간과 비용도 손해볼 수 있었다.

제4장
치매에 관한
이야기

치매에 관한 이야기

치매는 정상적으로 생활해오던 사람이 다양한 원인으로 인해 뇌 기능이 손상되면서 인지 기능이 지속적이고 전반적으로 저하되어 일상생활에 상당한 지장이 나타나는 상태이다. 여기서 인지 기능이란 기억력, 언어 능력, 시공간 파악 능력, 판단력 및 추상적 사고력 등 다양한 지적 능력을 말하는 것으로, 각 인지 기능은 특정 뇌 부위와 밀접한 관계가 있다. 과거에는 치매를 망령이나 노망이라고 부르면서 노인이 되면 당연히 겪게 되는 노화 현상이라고 생각했으나 최근 많은 연구를 통해 분명한 뇌 질환으로 인식되고 있다.

흔히 치매를 하나의 질병으로 생각하고, 치매는 모두 똑같고 별다른 치료법이 없다고 속단해버리는 경향이 있다. 그러나 치매는 단일 질환을 가리키는 말이 아니고, 앞서 정의한 상태에 해당되는 경우를 통칭하는 것이다. 의학 용어를 사용한다면 특정 증상들의 집합인 하나의 '증후군'에 해당되는 것으로, 이러한 치매라는 임상 증후군을 유발하는 원인 질환은 세분화할 경우 70여 가지에 이른다. 다양한 치매 원인 질환 중에서 가장 많은 것은 '알츠하이머병'과 '혈관성 치매'지만, 그 밖에도 루이체 치매, 전측두엽 퇴행, 파킨슨병 등의 퇴행성 뇌 질환과 정상압 뇌수두증, 두부외상, 뇌종양,

대사성 질환, 결핍성 질환, 중독성 질환, 감염성 질환 등 매우 다양한 원인에 의해 치매가 발생할 수 있다.

'최근 기억'이 떨어지는 것은 알츠하이머 치매에서 가장 먼저 나타나는 증상이다. 최근에 나눴던 대화 내용이나 했던 일을 까맣게 잊어버리는 일이 반복된다면 병원에 찾아갈 필요가 있다. 치매 초기에는 우울해지거나 성격이 변하는 경우가 아주 흔하다. 노년기에 의욕이 줄고 짜증이 늘어나는 현상이 처음 나타났다면 치매 여부를 확인해야 한다. 또 이유 없이 의심이 늘거나 평소 성격과 사뭇 다른 모습을 계속 보이는 것도 치매의 초기 증상일 수 있다.

우울증과 치매는 원인이야 무엇이든 간에 나이가 들면서 누구에게나 찾아올 수 있는 질환이다. 하지만 주위 사람들과의 소통을 통해 피해갈 수 있고, 빨리 발견하여 치료하거나 그 속도를 지연시킬 수 있는 질환이다. "젊은이는 희망으로 살고, 늙은이는 추억으로 산다."라는 프랑스 격언이 있다. 아름다운 과거는 우리 삶에 좋은 활력소가 된다. 하지만 지나치게 과거에 집착하고 미화하면 현실의 고통이 더욱 크게 와닿고 현재의 삶이 더 고달파보일 수 있기 때문에 문제가 될 수 있다.

어쨌거나 은퇴를 하게 되면 멋있게 물러서는 마지막 모습이 아름다워야 한다. 나의 마지막 모습이 주위 사람들에게는 어떻게 기억될지 잘 생각해봐야 한다. 우리는 항상 주위에 감사하며 살아야 한다. 우리를 낳아주신 부모님, 가르쳐주신 선생님들, 친구들과 친지들, 동료들과 상하 직원들, 이웃, 그리고 나와는 전혀 무관하지만 나의 삶에 영향을 미치는 많은 존재에게 감사하며 살아야 한다. 그러나 이것이 당연함에도 불구하고 이렇게 살지 못하는 어른들이 많다. 인생이 짧다면 짧기 때문에, 길다면 길기 때문에 감사하며 살아가야 한다.

요즘 노인들은 건강하고 자아실현 욕구가 높다. 앞으로 노인이 어디서 누구와 사는 문제가 우리 사회의 가장 큰 현안이 될 것이다. 요즘 노인은 대부분 자녀에 대한 기대를 접고 있다. 자녀를 많이 낳지 않는 저출산 현상으로 앞으로 더욱 그럴 것이다. 그러면 노인 부부끼리 살거나 요양시설 등에 의탁해야 한다. 최근 고비용 요양시설도 늘고 있다. 하지만 우리보다 노령사회를 일찍 경험한 일본은 재가 돌봄 서비스 체제로 전환하고 있다.

5년 후면 한국 치매 인구는 100만 명을 넘는다. 의학 기술의 발달로 수명은 늘어나고 있지만, 인류는 아직 뇌의 늙음을 막을 묘책을 알아내지 못했다. 그 날까지 우리는 치매와 함께 살아야 하는, 예비 치매 환자들이다. 한국보다 앞서 고령화를 겪은 일본은 치매 환자와 공존하는 법을 알아내기 위한 다양한 실험을 하고 있다.

치매 후의 삶은 어떤 모습이어야 할까? 한국처럼 사회에서 단절돼 어느 어두운 방에서 여생을 보내거나 경로당도 못 가면 아플 땐 요양원이나 요양병원에서 여생을 보내야 한다. 일본 마치다 시의 비영리단체 '데이즈 BLG!' 사무실에 치매 노인들이 모여 대화를 나눈다. '데이즈 BLG!'는 치매에 걸린 노인들이 함께 얘기할 공간을 마련해주고, 그들에게 자동차 대리점의 세차, 전단지 돌리기, 간단한 배달 등의 일을 할 수 있도록 사회 활동을 연결해준다. 일당받는 치매 환자들은 "사는 것 같다."라고들 얘기 하며 노인들은 느릴지언정 열심히, 그리고 무엇보다 즐겁게 맡은 일을 해낸다. 또 몸을 많이 쓰다 보면 정신도 맑아져서 살아있다는 느낌을 받고, 일당으로 받은 돈은 큰돈이 아니지만, 번 돈으로 시원한 맥주를 사다 탁 털어 마시는 재미가 쏠쏠하다고 한다. 동네에 치매 노인들이 보이지 않는 한국과는 달리 안전하고 건강하게 나름대로 일상을 이어가고 있다.

인간은 생로병사(生老病死) 하는 존재다. 대부분 동물에게는 생(生)과 사(死)가 바로 이어지지만, 인간에게는 아프며 나이 드는 과정이 유난히 길고 험하다. 병치레하며 늙어가는 기간은 최근 더 늘어나고 있다. 인류가 초유의 고령화 시대에 진입하고 있는 것이다. 고령사회에 대비하느라 나라별로 분주한 가운데, 작년에 초고령자가 총인구의 28%를 넘기며 세계에서 제일 늙은 나라가 된 일본은 그중 가장 다급한 모습이다. 현재 일본의 대표적 고령화 정책은 '지역 포괄케어시스템'이다. 수십 년에 걸친 논의 끝에 2014년에 제정된 관련 법률은 고령자가 혼자 살더라도 30분 이내 거리에서 각종 돌봄 서비스를 받을 수 있게 하고 있다. 여기서 핵심은 노인들이 평소 살던 집과 동네에서 의료와 복지 혜택을 받는 데 있다. 고령자들이 병원이나 양로, 요양시설 대신 거주지와 지역사회에서 여생을 보내도록 노인 복지 정책이 바뀌고 있는 것이다.

학계에서는 이를 'AIP(Aging in Place)'라 부르는데, 우리말로는 '지역사회 계속 거주' 정도다. "연령, 소득, 역량 수준과 상관없이 안전하고 독립적이고 편안하게 자신의 집과 지역사회에서 살 수 있는 능력"으로 정의한 AIP는 일본뿐 아니라 독일, 영국, 네덜란드 등 복지 선진국들이 앞다퉈 도입하고 있는 신개념 노인 돌봄 체계다. 원칙은 고령자들에 대한 격리가 아닌 포용이다. 따라서 치매 환자들까지 생산 인구의 일부로 편입하는가 하면, 익숙한 생활환경의 보존을 위해 재건축이나 도시 재생도 절제한다.

유럽도 그랬지만 특히 우리의 전통사회는 사회적 약자를 결코 잘 돌보지 않았다. 구호 대상자, 정신병자, 심신 미약자, 장애인 지체 부자유자들은 수용소나 재활원, 보호소가 데리고 간 것이 아니라 부락 공동체의 일부로 동고동락(同苦同樂)했으며, 사람들은 그것을 마땅한 의무로 느꼈다는 것이다. 하지만 언제부턴가 일반 노인들까지도 시설에서 늙고 죽는 것이 우리 주변의 일상이 되었다. 그래도 선진 사례의 재빠른 벤치마킹이 능사는 아니다. 무너진 생활공동체, 형식적인 주민 참여, 무늬만 지방자치 등 선결해야 할 과제가 너무 많기 때문이다. '노인을 위한 나라'로 가는 길은 서둘되 함께 가야 한다. 국가와 지역과 사회와 시장과 동네와 시설과 가족과 개인이 나란히 말이다.

우리 정부도 지역사회 통합 돌봄(커뮤니티 케어) 사업을 벌이기로 했다. 노인들이 실버타운이나 요양시설 등에 입소하지 않고 자신이 살던 곳에서 지낼 수 있도록 주거, 보건 의료, 돌봄 서비스를 제공하는 것이다. 자택에 거주하며 이웃과 어울려 살고 싶은 노인들의 욕구를 최대한 반영한 정책이다. 이런 서비스가 가능해지려면 노인이 안전하고 편리하게 생활할 수 있는 환경을 만들어야 한다. 의직주락(醫職住樂) 요양, 소일거리, 거주 공간, 즐길 거리를 한 곳에서 해결할 수 있는 공간이 필요하다.

우선 주택 개·보수 공사나 재건축을 할 때 노인 친화형 주거 공간을 만들어야 한다. 노인이 이동하는 데 불편함이 없도록 집안의 턱을 없애고, 욕조 바닥에 미끄럼 방지 깔판을 깔고, 현관 입구 계단 옆에 휠체어 슬로프를 만들어야 한다. 상점 입구와 보도 사이에 턱을 없애는 등 일상생활에 어려움을 없도록 해야 한다. 노인 친화적 주택과 기반 시설 건설은 장기 계획에 따라 꾸준히 시행해야 한다. 또 초고령사회를 앞두고 노인 부양 부담이 늘어날 젊은이들의 짐을 덜어주어야 한다. 경제활동 인구가 줄어드는 마당에 젊은이들을 노인 케어에 투입해서는 안 된다. 해결책은 건강한 노인이 도움이 필요한 노인을 돌보는 '노노(老老) 시스템'을 정착 시켜야 한다. '노노 케어'는 건강한 노인이 거동이 불편하거나 경증 치매를 앓는 노인 가정 등에 방문해 안부 확인 및 생활 안전 점검 등의 서비스를 제공하는 사업이다. 건강한 노인은 일자리를 얻고 거동이 불편한 노인은 보살핌을 받을 수 있다.

만약 혼자 있을 때 심장마비가 됐다면 어떻게 해야 할까? 실제로 많은 사람이 혼자 있을 때 심장마비를 일으킨다. 그리고 자신의 심장이 제대로 뛰지 않고 또한 의식이 없어지는 느낌을 가질 때는 의식을 완전히 잃기 전까지 10초 정도밖에 시간이 없다. 어떻게 해야 할까? 겁먹지 말고, 강하게 반복해서 기침을 해야 된다. 기침을 하기 전에 먼저 심호흡을 한다. 깊으면서도 길게 하는듯한 기침은 폐 안쪽에서부터의 가래 생성과 배출이 쉽도록 해준다. 심호흡과 기침은 약 2초 간격으로 끊임없이 반복해야 하는데, 도움을 줄 사람이 나타나거나 심장박동이 정상적으로 돌아왔다고 느껴질 때까지 반복해야 한다. 심호흡은 산소를 폐로 운반하는 역할을, 기침은 심장을 쥐어짜주어 혈액이 순환할 수 있도록 해주는 역할을 한다. 심장을 쥐어짜주는 압력은 또한 심장이 원래 리듬으로 돌아갈 수 있도록 도와준다. 이렇게 해서 심장 발작이 일어난 사람도 병원까지 갈 수 있는 시간을 벌 수 있다.

면역세포의 70%가 분포하고, 행복 호르몬이라 불리는 '세로토닌' 등 20여 종 이상의 호르몬을 생산하는 기관이 있다. '제2의 뇌'라 불릴 만큼 신체의 주요 기관으로 꼽히는 '장'이다. 요즘 행복 호르몬이라는 세로토닌은 뇌의 시상하부중추에 존재하며 기분과 감정을 조절한다. 이런 세로토닌의 약 90%는 장에서 만들어지고 장내 세균이 인지 기능과 밀접하다는 연구 결과도 나오고 있다. 또한, 연구진은 "장내 세균이 치매 예방의 목표가 될 수 있음을 시사한다."라고 의의를 설명하고, 노인의 인지력을 개선할 수 있음을 확인했다.

건망증과 치매

건망증과 치매의 차이

건망증**(정상인의 기억력 저하)**

1. 일상생활에 지장이 없다.

2. 잊어버린 사실을 스스로 안다.

3. 경험한 것의 일부를 잊어버린다.

4. 잊어버리는 것이 많아져도 진행되지 않는다.

5. 뇌의 자연적인 노화 현상이 원인이라 걱정할 필요가 없다.

치매**(치매 환자의 기억장애)**

1. 뇌의 질병이나 손상이 원인이다.

2. 경험한 것 전부 잊어버린다.

3. 기억장애가 점차 심해지며 판단력도 저하된다.

4. 잊어버린 사실 자체를 모른다.

5. 일상생활**(사회생활, 직장 생활)**에 지장을 받는다.

"휴대폰을 손에 들고 있으면서도 휴대폰을 찾고 있다니…. 나 치매 아닌가?"

이런 사람들이 주변에 꽤 있다. 스스로 치매를 걱정할 정도면 일단 치매는 아닐 가능성은 높다. 흔히 건망증, 경도인지장애, 치매를 헷갈려 한다. 모두 기억력 감소와 관련있지만 정도와 특징이 다르다. 예를 들어 식당서 밥 먹고 나오면서 계산을 안 했다고 지적받을 때 "깜박했다."고 하면 건망증, "계산을 안 했나?" 하며 긴가민가하면 경도인지장애 "계산을 왜 하지?"라고 하면 치매인 경우다.

경도인지장애의 3분의 1 정도는 나중에 치매로 전환된다. 하지만 학습이나 운동 등 인지기능 개선 요법으로 기억 장애를 현저히 줄이고, 치매 증상 발현 시기를 상당히 늦출 수 있는데 경도인지장애가 의심되면 보건소나 병·의원서 인지기능 검사와 치매 선별 검사를 받아야 한다. 정기적인 기억력 향상 훈련, 인지기능 개선 학습 프로그램, 빨리 걷기, 유산소 운동, 춤, 악기연주 등은 기억력을 관할하는 뇌 속의 해마 기능을 키워서 인지장애를 크게 줄여준다.

치매 자가진단 체크리스트

기억력 평가 문항 (다음의 문항을 읽으면서 자신의 행동이나 생각 또는 느낌과 일치하는 것에 표시하십시오.)

	예	아니오
01. 당신은 기억력에 문제가 있습니까?	□	□
02. 당신의 기억력은 10년 전에 비해 저하되었습니까?	□	□

03. 당신의 기억력이 동년의 다른 사람들에 비해 나쁘다고 생각합니까? □ □

04. 당신은 기억력 저하로 일생생활에 불편을 느낍니까? □ □

05. 당신은 최근에 일어난 일을 기억하는 것이 어렵습니까? □ □

06. 당신은 며칠 전에 나눈 대화 내용을 기억하는 것이 어렵습니까? □ □

07. 당신은 며칠 전에 한 약속을 기억하기 어렵습니까? □ □

08. 당신은 친한 사람의 이름을 기억하기 어렵습니까? □ □

09. 당신은 물건 둔 곳을 기억하기 어렵습니까? □ □

10. 당신은 이전에 비해 물건을 자주 잃어버립니까? □ □

11. 당신은 집 근처에서 길을 잃은 적이 있습니까? □ □

12. 당신은 가게에서 사려고 하는 두세 가지 물건의 이름을 기억하

기 어렵습니까?　　　　　　　　　　　　□　　□

13. 당신은 가스 불이나 전깃불 끄는 것을 기억하기 어렵습니까?
　　　　　　　　　　　　　　　　　　□　　□

14. 당신은 자주 사용하는 전화번호(자신 혹은 배우자나 자녀)를 기억하
기 어렵습니까?　　　　　　　　　　　　□　　□

만60세 이상은 1년에 1회 치매 예방 조기검진을 꼭 받으세요.
치매가 의심된다면 가까운 보건소에 방문하시거나 연락하세요.

　가보지 않은 길 앞에서 때로는 두려움이 앞서지만, 막연히 그 변
화에 담대히 맞설 용기가 생기기도 한다. 어떤 변화에도 열린 마음
을 가질 수 있도록, 곧 다가올 뜨거운 여름을 준비해야 한다.
　내 나이 현재 만 66세, 나훈아 같은 대형 콘서트를 꿈꾸고 있다.
그 시기는 만70세로 잡고 있고, 그때까지 내가 하는 하모니카와 마
술, 아코디언, 색소폰, 저글링, 기타, 장구 등 실력을 전문가 실력
으로 끌어올리는 연습과 노력만이 남았다. 이런 꿈이 남에게는 헛
되고 말도 안 되고 미쳤다고 들릴 수도 있다. 또한, 실현될지는 모
르겠지만 설령 안 된다 해도 미련이나 후회는 없다. 왜냐하면, 그

때 고양시에서 자그마한 콘서트를 열어도 60세까지는 음악을 전혀 몰랐기에 나 자신이 할 수 없던 꿈을 이루기 때문이고, 상상하는 것은 현실이 된다.

  나이는 속일 수 없어도 늙지 않는 방법이 있을까? 신체 나이는 어쩔 수 없어도 정신의 젊음을 유지한다면 가능하다. 해답은 음악을 즐기면 된다.

뇌세포 활성화

간혹 앉았다 일어날 때라던가 어지럼증 때문에 걱정하는 사람들이 있다. 어지럼증을 빈혈로 생각하는 사람도 있는데, 대체로 틀린 얘기다. 추워지면 몸의 긴장도 증가, 신체 불균형 및 심뇌혈관질환 증가로 어지럼증이 증가한다. 어지럼증은 뇌 질환과도 관련이 있어 주위가 뱅뱅 돌거나, 갑자기 눈이 안 보이거나, 둘로 보이며 심한 두통이 오거나, 한쪽 팔다리가 마비되거나, 감각이 이상하거나, 일어서거나 걸으려고 할 때 한쪽으로 넘어지려고 한다면 병원에 가봐야 한다. 귀 질환도 관련이 있다. 이석증이나 전정신경염(메스꺼울 때), 메니에르병(귀에 물찬 듯 먹먹한 느낌), 심하면 심장질환으로 돌연사 위험도 있다. 부정맥, 심부전, 심근경색 등과도 관련이 있을 수 있어 전문의를 찾아가야 한다.

혹시 샌드위치를 만들려고 냉장고 문을 열고 치즈를 꺼내면서 손에 들고 있던 휴대전화를 냉장고에 넣은 뒤 한참 동안 휴대전화를 찾은 적이 있는가? 잠깐 다른 대화에 신경 쓰느라 방금 하려 했던 말이 떠오르지 않아 답답했던 적이 있는가? '이러다 치매가 오는 게 아닌가?'라는 걱정은 붙들어 매도 좋을 것 같다. '캐나다 젊은 연구자상'을 받은 과학자 리처드 블레이크 토론토대 교수가 「두뇌가 건강한 사람들에게서 나타나는 현상」이라는 연구 결과를 내놓았다.

리처드 교수는 최근 국제 학술지 『뉴런』 등을 통해 발표한 연구에서 "통념과 달리 어떤 결정이나 판단을 내리는 과정에서 사소하고 불필요한 것들을 잘 잊는 사람이 두뇌가 좋다고 볼 수 있다."라고 밝혔다. 그는 기억의 목표를 '의사 결정에 필요한 지적 능력을 최적화하는 것'이라고 정의했다. 지적 능력을 최적화하기 위해 '잊는 작업'을 원활하게 하는 두뇌가 의사 결정을 잘할 수 있는 두뇌라는 것이다.

영국의 프리랜서 저널리스트 톰 우드는 이 연구를 인용하면서 "냉장고에서 치즈를 꺼내면서 휴대전화를 냉장고에 넣고 잊는 상황을 가정해보자."라며 "이때 두뇌는 '치즈'를 중요한 것으로, '휴대전화'는 불필요한 것으로 인식한다. 중요한 정보를 얻기 위해 불필요한 정보를 잊게 되는 것이다."라고 설명했다. 리처드 교수의 연구에 따르면 '좋은 두뇌'는 이처럼 중요한 정보를 보존하고, 새로운 정보를 입력하기 위해 쓸모없고 오래된 정보를 지워 뇌 속에 일종의 '공간'을 확보한다고 한다.

이전과 비교해 집중력과 기억력이 안 좋아지고 평소와 다르게 사소한 일에도 쉽게 불안해하면 우울증을 의심해야 한다. 규칙적인 운동을 하거나 다른 사람들과 교류를 하고, 복지관이나 주민센터에서 시행하는 다양한 프로그램에 참여하는 것이 좋다.

치매에 걸릴 확률이 높은 사람은?

1. 질투가 많은 사람으로 질투의 영향으로 받은 스트레스가 뇌 건강에 나쁜 영향을 주는데, 특히 남이 잘 되는 게 배가 아픈 사람.

2. 혼자 사는 사람

3. 뚱뚱한 사람은 육체의 활동량이 적어지면서 신체의 기능이 퇴화하고, 알츠하이머에 걸릴 확률이 두 배 가까이 증가한다.

4. 술 먹고 필름이 끊기는 사람, 음주로 인한 알코올중독의 전구 증상으로 흔히 알콜성 치매로 일컫는다.

피부가 늙으면 주름이나 검버섯이 생기는 것을 볼 수 있지만, 대뇌는 늙어 위축될지라도 병원에서 검사를 받지 않는 한 육안으로 볼 수 없다. 그러나 우리가 직접 볼 수 없는 이런 부분이 오히려 더 중요하다. 나이가 들어 기억력이 떨어지는 건 필연적이지 않다. 원인은 뇌 위축이다. 연세가 들면 옛일이 잘 기억나지 않고 물건을 어디 놔두었던지 깜빡깜빡하곤 한다. 게다가 손과 발이 생각처럼 따라주지 않는다. 걸음이나 행동이 느려지는 외에도 실면, 어지러움 등 증세가 나타나는데, 이런 것들이 정상적이라고 여기는 사람이 많다. 그러나 신경내과 교수는 이렇게 말한다. 다수의 노인이 늘 호소하는 기억력 감퇴, 이명, 실명, 그리고 손과 발이 전처럼 원활하지 못한 증세가 모두 '생리적인 뇌 위축'과 연관이 있다고 한다. 그래서 뇌세포를 활성화시키는 가장 간단한 방법은, 바로 혀를 움직이는 것이다. 일본 과학자의 연구 결과, 혀를 자주 단련시키면 뇌와 안면 부위의 신경을 간접적으로 자극함으로써 뇌 위축을 줄이고 안면신경과 근육 노화를 방지할 수 있다는 점을 발견했다.

과학자들은 인체 노화 현상의 가장 큰 원인이 바로 뇌 위축에 있고, 가장 뚜렷한 증세는 혀가 경직되고 표정이 굳어지는 것이라고 한다. 그래서 아침저녁으로 혀를 운동시키면 뇌세포를 활성화해 뇌 위축을 방지할 수 있다. 혀를 운동시키는 방법은 아주 간단하다.

1. 혀끝을 최대한 밖으로 내밀었다가 다시 입안을 당겨 마는 것을 10번 반복한다.

2. 혀를 입안에서 천천히 최대한 크게, 왼쪽으로 오른쪽으로 10번 반복한다.

3. 이로 혀의 부분 부분을 자근자근 여기저기 눌러준다

이와 같이 혀끝이 뇌를 위해 봉사할 수 있는 기회를 주어야 한다. 혀 운동은 시간에 구애 없이 언제 어디서나 할 수 있기에 쉽고 좋은 운동이며, 이는 최신 과학 연구의 성과이자 확실한 연구와 데이터를 통해 입증된 사실이다. 특별히 약을 복용하지 않고도 효과를 볼 수 있는 안전한 방법이니 누구나 꼭 실천해서 돈을 들이지 않고 무서운 치매에 걸리지 않도록 해야 한다. 나는 경로당이나 요양원 수업을 수없이 가보고 지금도 활동하지만, 말을 많이 하거나 노래를 좋아하고 노래를 많이 부르는 어르신들은 대체로 건강하신 편이라 노래는 삶의 활력소, 힐링이 따로 없다.

껌을 씹는 운동도 치매 예방이 된다. 우리 몸에는 약 천억 개의 세포가 있다고 한다. 그중 한 개의 뇌세포가 활동하면 주변의 뇌세포들을 자극하기 때문에 껌을 씹는 단순한 운동도 뇌 전체의 세포를 충분히 자극한다. 그래서 껌을 씹는 단순한 운동이 뇌 기능을 활성화시켜준다. 여러 연구에서 껌 씹는 저작(詛嚼) 행동은 집중력과 기억력을 높여준다고 나온다. 질경대는 동안 뇌 혈류가 25~40% 늘어난다는 조사도 있다. 껌 씹기 턱 운동은 두개골 바닥의 신경망을 자극해 각성도를 높인다.

사람 중에는 불안할 때 손톱을 물어뜯거나 다리를 떨기도 한다. 이때 껌을 씹으면 그런 행동이 줄어드는데, 이는 껌 씹기가 스트레스 호르몬을 떨어뜨리기 때문이라는 분석이다. 그러기에 집중력 싸움인 골프에서 요즘 선수들이 껌을 씹기 시작하고 있다. 껌이 뇌의 전두엽을 자극해 경기에 몰입하는 데 도움을 준다고 한다. 나이가 들면 여러 이유로 침샘 분비가 줄어든다. 입 마름이 심해져 구취가 나고 식욕이 떨어지고, 소화가 안 된다. 세균 번식으로 치주염도 늘어난다. 그러기에 노인들은 구강 건조와 전쟁을 벌여야 하는데, 그 무기가 껌이다. 껌 안에 침샘을 자극하는 성분을 넣기도 하고, 물에 잘 녹는 칼슘 보충제도 넣는다. 껌 씹는 행위 자체가 아무것도 안 하고 있을 때보다 침 분비량을 10배 가까이 늘린다. 그 결과로 입속 박테리아의 증식이 줄어들고 충치를 일으키는 산(酸)의 생성도 억제하여 균형을 맞춘다.

치위생사들은 칫솔질을 못 할 거면 껌이라도 씹으라 권한다. 껌은 이제 초고령사회 기능 진단의 도구이자, 손쉬운 영양소 공급처, 효율적인 스포츠의학 전달체로 발전하고 있다.

건강 장수를 꿈꾸는 모토로 "보생와사(步生臥死)"라는 말이 있다. 어떤 이는 우리말로 "걸살누죽"이라고 부르는데, 걸으면 살고 누우면 죽는다는 뜻이다. 그래서 이보다 더 중요한 장수 모토가 '씹어야 산다'고 본다. 씹을 수 있어야 그 힘으로 걷는다. 누군가 실없는 얘기를 하면 껌 씹는 소리한다고 하는데, 함부로 그렇게 말할 게 아니다. 껌 씹을 수 있어야 잘 산다. 아침밥을 먹고 공부하는 것만으로도 성적이 향상된다는 연구 결과 씹는 운동을 통해 뇌가 활성화되어 집중력 향상에 도움이 되기 때문이다.

해마란?

양 측두엽에 각각 존재하며 학습, 기억 및 새로운 것을 인식하는 역할을 수행한다.

전두엽이란?

뇌 앞부분에 있으며, 사고력, 판단력, 감정 조절, 집중력 조절, 기획 능력을 담당하여 수많은 연구로 입증될만큼 쉽고 간편한 껌 씹는 운동만으로도 도움이 된다.

치아를 부딪치는 운동법(고치법)

입술을 살짝 다문 채 위아래 치아를 딱딱 소리가 날 정도로 부딪치는 운동법이다. 조선시대 평균수명이 40세 때, 퇴계 이황은 고치법으로 70세까지 장수하셨다고 한다. 껌 대신 치아를 부딪치는 고치법도 뇌를 자극하는 좋은 방법이다. 껌을 씹거나 고치법을 하는 것은 5~20분 내외가 가장 적당하다.

대사증후군

만성적인 대사 장애로 인하여 내당증 장애(**당뇨의 전 단계**)와 고혈압, 고지혈증, 죽상동맥경화 등 여러 가지 질병이 한꺼번에 나타나고 결과적으로는 혈관성 치매(**뇌졸증**)에 걸릴 확률이 다섯 배나 높아진다.

치매 예방법

−세끼 밥 잘 챙겨 먹기: 밥을 먹으면 뇌 활성을 돕는 포도당이 생긴다.

−간단한 운동이라도 꾸준히 하기: 저작운동과 걷기, 텃밭 가꾸기 등 모든 신체 운동은 뇌도 운동하게 된다.

−일기를 매일 쓰기: 하루, 또는 지난 일을 기억해낼 때마다 뇌가 활성화되고, 인지 기능에도 도움이 된다. 무언가를 기억하는 일이 뇌 활성화를 시작하는 첫 번째 단계이기 때문이다.

악기연주

어떤 악기든 취미를 가져 배우면 치매가 접근을 안 한다.

치매에 좋은 음식

콩, 파프리카, 귤, 감 레몬, 단호박, 달걀

제5장
요양원
이야기

요양원의 이야기

우리는 나이가 들고 서서히 정신이 빠져나가면 어린애처럼 속이 없어지고 결국 원하건 원치 않건, 자식이 있건 없건, 마누라나 남편이 있건 없건, 돈이 있건 없건, 잘 살았건 잘 못 살았건, 세상 감투를 썼건 못 썼건, 잘났건 못났건 대부분 요양원이나 요양병원에서 생의 마지막을 보내게 된다.

고려 시대에 60세가 넘어 경제력을 상실한 노인들은 밥만 축낸다고 자식들의 지게에 실어 산속으로 고려장을 떠났다고들 하는데(실제로 고려장은 일제가 만든 거짓 역사), 오늘날에는 요양원과 요양병원이 노인들의 고려장터가 되고 있다. 한 번 자식들에게 떠밀려 그곳에 유배되면 살아서 다시는 자기 집으로 돌아가기 힘드니 그곳이 고려장터가 아니고 무엇이랴? 그곳은 자기가 가고 싶다고 해서 갈 수 있는 곳도, 가기 싫다고 해서 안 가는 곳도 아니다. 늙고 병들고 정신이 혼미해져서 자식들과의 대화가 단절되기 시작하면 갈 곳은 그곳밖에 없다.

"요즘같이 바쁜 세상에 부모라도 돌보기가 쉽지 않으니 산 사람은 살아야 한다."

요양병원에 근무하는 어떤 의사가 쓴 글이다. 요양병원에 갔을 때의 일들을 생각해보니 어쩌면 이 의사의 말이 그렇게 딱 들어맞는지 놀라울 정도이다. 요양병원에 면회 와서 서있는 가족 위치를 보면 촌수가 나온다. 침대 옆에 붙어서 눈물, 콧물 흘리면서 이것저것 챙기는 여자는 딸이다. 그 옆에 뻣뻣하게 서있는 남자는 사위다. 문간쯤에 서서 먼 산을 보고 있는 사내는 아들이다. 복도에서 휴대폰을 만지작거리고 있는 여자는 며느리이다.

요양병원에 장기 입원하고 있는 부모를 그래도 이따금씩 찾아가서 살뜰히 보살피며 준비해온 밥이며, 반찬이며, 죽이라도 떠먹이는 자식은 딸이다. 대개 아들놈들은 침대 모서리에 잠시 걸터앉아 딸이 사다 놓은 음료수 하나 먹고 이내 사라진다. 아들이 무슨 신줏단지라도 되듯이 아들, 아들 원하며 금지옥엽(金枝玉葉) 키워놓은 벌을 늙어서 받는 것이다. 딸 하나 열 아들 부럽지 않은 세상인 것을 그때는 몰랐다.

요양원에 근무하다 보면 별의별 얘기가 많다. 요양원의 한 여자 어르신은 입버릇처럼 "여기 왜 왔는지 몰라? 왜 사는지 몰라? 잠자듯이 가면 좋으련만~." 이런 얘기를 습관적으로 한다. 어떤 요양원에 들어갔는데 어르신이 너무 인상도 좋고 해서 장난삼아 코를 잡고 주물러 줬는데 나중에 알고 보니 원장의 어머니셨던 경우도 있었다.

그 당시 집에서 샤워를 하다 보면 깜짝 놀란다. 내 몸에 멍이든 자국이 여기저기 있다. 난폭한 치매 환자들이 때리고 머리로 들이받고 이빨로 깨문은 흔적인데, 특히 기저귀 갈 때나 목욕시킬 때,

옷을 갈아입힐 때가 심하다.

내가 근무했던 요양원에서 있었던 일인데, 가족들이 문안차 왔는데 거기에는 할머니가 누워계시고 아버지가 자식들과 같이 왔다. 아버지는 자식들에게 "내가 너희들을 기억하지 못하거든, 나도 요양원에 넣어버려."라고 하셨다. 치매가 결코 남의 일이 아니다. 요양원의 모든 사람이 좁은 공간에 갇힌 채 저마다 다른 곳을 멍하니 쳐다보고 있어, 치매 이후의 삶은 누구에게나 닥칠 수 있는 미래다.

우리 모두는 앞으로 '예비 치매 환자'일 수도 있다. 일본은 치매 환자가 다른 사회 구성원들과 함께 살 수 있는 환경을 만드는 '신(新)오렌지 플랜'을 2015년부터 시행하고 있어, 일본 치매 노인들은 그전처럼 가족과 친구를 만나고, 경제활동을 하면서 사회의 구성원으로서 생활을 이어가고 있다.

치매 일으키는 알츠하이머, 뇌에 독(毒)을 쌓아 세포를 망가트린다. 평균수명이 길어지면서 치매는 누구나 들어본 익숙한 단어가 되었다. 정확하게 말하자면 치매는 한 가지 질병을 얘기하는 것이 아니라 뇌 기능이 떨어져서 이전에는 잘했던 일을 하기 어려워지는 상태를 말한다. 흔히 알려진 것처럼 기억력이 떨어지는 것이 대부분이지만 기억력이 크게 나빠보이지 않아도 성격이 변하거나 판단력이 떨어질 수도 있고, 좋아하던 일이나 취미 생활에 흥미를 잃기도 한다.

흔히 "치매에 걸린다."라는 말을 많이 쓰는데, 이는 부정확한 표현이다. 치매에 걸리는 것이 아니라, 다른 병에 걸리거나 뇌 기능이 떨어지면서 치매 증상이 나타나는 것이다. 치매에 걸렸다는 표현은 기침에 걸렸다고 말하는 것 같은 어색한 표현이다. 폐결핵, 폐암, 독감, 감기 등에 걸렸을 때 나타나는 증상이 '기침'이다.

치매 증상이 가져오는 대표적인 병이 '알츠하이머'이다. 알츠하이머에 걸리면 뇌에 베타 '아밀로이드'라는 독성 물질이 쌓여 뇌세포가 망가진다. 이 독성 물질은 기억력을 담당하는 뇌 '해마'에 먼저 쌓이게 된다. 해마 기능이 떨어지면 조금 전에 들은 이야기도 곧바로 잊기 때문에 자꾸 똑같은 질문을 하거나 고집을 부리게 된다. 이 독성 물질은 해마뿐 아니라 뇌 전체로 퍼져나가 결국 다른 뇌 기능도 약해진다. 길도 찾지 못하고, 감정 조절이 어려워지면서 참을성도 떨어진다. 최근에는 알츠하이머 말고도 치매를 만드는 다양한 뇌 질환이 밝혀지고 있고, 뇌혈관이 막히거나 터지면 혈관이 영양을 공급하던 뇌 부위의 기능이 떨어지기 때문에 치매의 원인이 된다.

뇌세포를 덜 늙게 하려면 평소 새로운 생각을 많이 하고, 새로운 것을 보고 듣고 말하면 뇌세포가 자극을 받기 때문에 뇌의 저장 창고가 점점 늘어나고 뇌세포들은 촘촘해진다. 뇌를 늙지 않게 하는 방법 중 하나가 즐거운 기분으로 지내는 것이다. 걱정이 많아 우울증에 걸리거나 계속 스트레스를 받으면 뇌세포도 기능을 멈춘다. 기계를 쓰지 않으면 녹스는 것처럼 뇌세포가 빨리 늙는다. 잠도 중요하다. 숙면을 취하면 뇌에 쌓인 염증 물질이나 독성 물질들이 배출되기 때문이다.

　우리나라에서는 노인장기요양보험이 있어 경증 치매 노인에게 도움을 준다. 국민건강보험공단에 장기요양 인정신청을 하면 된다. 이것은 2014년 7월부터 장기요양 5등급(치매 특별등급)을 신설하여 신체 기능이 상대적으로 양호하여 장기요양 서비스를 받을 수 없었던 경증 치매 노인도 혜택을 받을 수 있는데, 주위에서 이러한 사실을 모르는 사람이 많다.

　주야간보호에서 다양한 서비스를 제공하는데 인지활동형 프로그램은 치매 전문교육을 받은 장기요양요원이 회상 훈련, 기억력 향상 활동 등 인지기능 관련 활동을 제공한다. 비용은 이용 금액의 약 15%는 본인이 부담하여야 한다. 통상인지활동형 방문 요양이란 빨래, 식사 준비 등의 가사 지원은 제공할 수 없으나 인지자극 활동을 제공하고, 수급자와 함께 잔존기능 유지 향상을 위한 옷 개기 요리하기 등을 함께 수행한다.

　최근 장기요양 5등급을 받으신 할머니는 아침 9시부터 오후 5시까지 동네 주야간보호기관을 다니기로 하셨다. 할머니의 하루를 따라가 보면,

　첫째, 아침에 요양보호사가 집에 와서 어르신 준비를 도와드리고, 주야간보호기관의 차를 타고 안전하게 도착한다. 치매 교육을 받은 사회복지사가 인지활동형 프로그램(음악 활동, 회상 활동)을 진행

한다. 주 1회 기관에서 목욕 서비스도 받으시고, 시간이 되면 기관의 차를 타고 안전하게 귀가하신다.

둘째, 인지활동형 방문 요양에서는 치매 전문 요양보호사가 가정을 방문하여 회상 활동, 사회활동 등을 어르신과 함께한다.

셋째, 방문 간호에서는 간호사(조무사)가 치매 어르신 가족에게 치매 대응 교육 및 상담 등을 해 드린다.

넷째, 치매 어르신의 실종 예방을 위한 배회감지기 등 복지 용구를 구입 또는 대여할 수 있다.

다섯째, 치매 가족 휴가제(연간 6일 단기 보호 추가 이용)를 이용할 수 있으며, 방문 목욕, 단기 보호도 이용할 수 있다.

장기요양급여를 이용하기 위해서는 국민건강보험공단에 장기요양 인정신청을 하여 장기요양 등급을 받아야 한다.

방법은

장기요양 신청(65세 이상 노인 또는 65세 미만의 노인성 질병을 가진 분)→인정 조사(간호사, 사회복지사, 물리치료사 등 자격이 있는 국민건강보험공단 소속 직원이 방문하여 장기요양 인정조사표에 따라 신청인의 심신 상태 등을 확인한다.)→의사소견서 제출(공단에 제출)→ 장기요양 등급 판정(1~5등급)→장기요양 인정서 송부→ 수급자로 판정된 자에게 장기요양인정서, 표준장기요양 이용계획서, 복지용구급여 확인서 등을 교부한다.

노인 중에는 지팡이를 사용하는 분도 계시는데, 지팡이도 명품이 있다. 청려장(靑藜杖, 장수지팡이)이 바로 그것이다. 청려장은 명아주라는 1년생 잡초의 줄기로 만든 지팡이다. 1년생이지만 줄기가 굵고 반듯하다. 명아주는 매년 3월에 파종해서 10월 중순에 수확한다.

청려장은 가볍고 단단해 예로부터 무병장수를 기원하는 노인들을 위한 선물로 널리 이용됐고, 가지를 제거한 옹이 부분은 노인들이 지압 용도로 쓰기에 알맞아 통일신라 시대부터 조선 시대까지 왕이 장수 노인에게 청려장을 전달했다고 전해진다.

요양원의 실태

워커는 본인이 꼭 짚고 다니도록 관리해야 한다. 어떤 어르신은 시간만 있으면 입구 쪽에서 집에 가야 한다고 하고, 아들 온다고 하는 경우도 있다. 옷을 무조건 벗고 돌아다니고, 밤에는 잠을 안 자고 배회하거나 소리를 지른다. 야간에 근무하는 선생님들은 정해진 휴식 시간이 있지만, 이럴 경우 꼬박 밤을 새운다. 뭐든지 눈에 띄는 대로 주머니 속에 넣는 분도 있는데, 특히 휴지를 탐낸다. 세탁기에 휴지가 들어가면 세탁물이 하얗게 돼 사전에 주머니 검사를 한다. 세탁한 옷은 예쁘게 개서 각자의 옷장에 가지런히 넣는다. 옷이 섞일까 봐 이름을 작게 써놓지만, 거의 요양보호사들은 누구의 옷인지 대충 안다. 또 TV의 리모컨도 안 보여 여기저기 찾아보면 누군가의 서랍에 점잖게 들어있다. 식사를 하고도 밥을 안 줬다고 배고프다고 밥 달라고 재촉하는 경우도 많고, 그냥 배회하다가 남의 옷이라도 보이면 본인의 옷장에 집어넣기도 한다.

요즘 세상이 좋아졌지만 우리나라는 OECD 국가 중 행복지수가 제일 낮다. 사람들은 행복하지 않다고, 외롭고 고독하다고 생각하는데 사람만이 능력이고, 믿음만이 능력이다. 근심이 한 바가지이다. 사람 귀한 줄 알고 욕심 교만은 버려라. 걱정하지 말자. 우리는 힘든 세월 잘 견뎌냈다. 힘들어도 이겨내자는 생각으로 내 생각을 바꿔야 한다.

요양보호사 자격을 취득한 것은 실제 현장에서 요양보호사들의 처한 현실을 보고 생생한 목소리를 듣고 싶어서였다. 초보 요양보호사들이 들어오면 일을 알아서 해야 되는데, 아무래도 일이 서툴기 때문에 스트레스를 받는 경우도 생긴다. 이해하고 배려하여야 하는데 바쁘게 돌아가는 현장에서는 그것도 쉽지 않다. 누구는 왕초보 시절이 없었던가? 치매 환자는 대변을 볼 때도 옆에서 지켜봐야 한다. 그렇지 않으면 변이 여기저기 묻고 일어설 때 낙상의 위험성이 있다. 요즘은 위급 시 필요한 심폐소생술 교육을 간혹 받아 언제 어디서든지 실행할 수 있다.

어르신 목욕하는 날은 새옷을 입히고 시트나 베개도 새것으로 교체한다. 간호사 체계에 재를 태운다는 나쁜 전통이 있지만, 원장 중에도 심할 정도로 잔소리를 하는 원장이 있어 그런 경우 인격이 의심스럽다. 그런 곳은 요양보호사들이 자주 바뀐다.

어르신들 컨디션이 안 좋아 식사를 잘 못 할 때는 밥에서 죽으로 메뉴가 바뀐다. 서구화된 식습관과 잘못된 생활 습관 등으로 인해 혈당 조절 및 혈압 관리가 보다 중요해졌다. 혈당과 관리를 위해 운동요법과 식습관 개선, 더불어 긍정적인 마음이 필요하다.

전 세계에서 경로당은 우리나라에만 있다는 사실을 모르는 사람이 많다. 인지가 있는 어르신 중 돈을 줄 테니 사탕이나 과자 등을 사 달라고 부탁하는 경우도 있는데, 이럴 경우 정중히 거절한다. 폭력을 행사하는 어르신 중 기본적인 행동에서 벗어날 때 기를 꺾기 위해 선제공격을 하면 얌전히 있는다. 그렇게 하지 않으면 만만히 보고 폭력에 시달린다.

틀니는 생수나 찬물에 담근다. 어르신들 옆에 있는 냉장고를 열어보면 음식이나 과자, 빵 등 오래되었거나 유통기간이 지난 것이 있을 때 폐기를 한다. 와상 어르신은 세수를 못 하기에 깨끗한 얼굴 닦는 수건으로 닦아준다. 요양보호사 선생님들은 사명감 없이는 이 힘든 시간을 보내기 힘들어 봉사의 개념이 들어있다. 남성은 면도도 해주고 손발톱도 깎아주고 식사도 도와준다.

어르신과 친해지면 본인들 사연을 얘기한다. 6·25 때 이북에서 남편과 아이들 3명과 함흥에서 고깃배를 타고 포항에 도착해서 살다가 아이들을 더 낳고 남편은 일찍 죽고 당신이 혼자 억척스럽게 잘 살아왔는데 며느리가 여기에 처박아놓았다고 서러워서 울기도 한다. 내가 틀니를 가져갔다고 볼 때마다 얘기하고 옷을 잡고 내놓으라고 하고, 심지어는 내 얼굴에 침을 여러 번 뱉는 일을 당한 적도 있었다. 어떤 할머니는 사람만 보면 소리를 지르고, 나를 보면 심한 욕을 하는 욕쟁이 할머니도 있다.

요양보호사의 활동

가끔 보호자가 부모님을 요양원에 모시려고 시설 내부를 자세히 보곤 한다. 그러나 부모님의 마음은 자식들과 평생을 같이 살고 집안의 여러 어려움과 기쁨을 같이 나누고 모든 것을 이겨냈기에 갑자기 곁에서 멀리 떨어지는 것보다 자식 손이나 가족에 매달리고 싶을 것이다. 그러나 현실에 부딪혀 마음도 몸도 지친 상태로 자신의 삶을 내려놓고 포기한다.

어르신 입소 시 준비 서류

1. 장기요양인정서(공단 발행)
2. 표준장기요양이용계획서(공단 발행)
3. 건강진단서(감염병 검사 결과서)
4. 의사 소견서, 처방전, 복용 중인 약
5. 보호자 및 어르신 신분증

그밖에 앞치마, 칫솔, 치약, 물컵, 물통, 속옷, 여벌 옷 등등

어르신이 우리 요양보호사들에게 과자나 커피믹스, 과일 등을 건네고 하는데 누군가 찾아주고 사람이 그리운 것이 작용한 까닭이다. 우리는 커피 등등 먹을 때는 숨어서 먹는다. 이유는 우리가 먹

는 것을 보면 어르신들도 먹고 싶어 하기 때문이다. 간혹 인지가 있는 어르신이 자신의 아픈 과거 얘기를 할 때는 코끝이 찡하고 가슴이 먹먹해진다.

요양보호사는 사회적 효(孝)를 실천하는 전사(戰士)이다. 근무 내내 긴장을 늦추지 않고 돌발 상황에 적극적으로 대처한다.

요양보호사의 중요한 업무

신체활동: 식사 및 약 챙겨드리기, 개인위생 활동(세수, 양치, 머리 감기, 목욕 등), 몸단장(머리 손질, 손발톱 손질, 옷 갈아입히기 등), 체위 변경, 이동 도움, 배설 도움(화장실, 이동 변기 이용, 기저귀 교체 등), 신체기능 증진활동 등

인지활동 지원: 회상 훈련, 기억력 향상 활동, 남아있는 기능의 유지 향상을 위한 사회활동 훈련(수급자와 함께 옷 개기, 요리하기 등)

일상생활 지원: 외출 동행(장 보기, 산책, 물품 구매, 병원 이용 등), 수급자의 방 안 청소 및 환경 관리, 빨래, 식사 준비, 설거지 등

정서 지원: 말벗, 의사소통 도움 등

요양원에는 촉탁의 제도가 있는데 노인복지법에 따라 의사가 상주하지 않는 노인요양시설 등을 주기적으로 방문하여 어르신의 건강 상태를 확인하고, 필요한 건강 관리를 제공하는 의사이다. 의사, 한의사, 치과의사가 촉탁의로 활동할 수 있으며, 촉탁의는 매월 시설을 정기적으로 방문하고 필요한 건강관리 등을 제공한다.

입소 어르신은 촉탁의 진찰을 받고, 필요시 원외 처방전 등을 발급받을 수 있다. 따라서 정기적인 약품 처방만을 위한 외래진료가 줄어들며, 보호자의 병원 동행 부담도 줄어든다. 어떤 촉탁의가 진찰을 하더라도 본인 부담금은 동일하다. 촉탁의 지역, 진료 과목, 의료 기관 종별(의원, 종합병원, 요양병원 등)에 관계없이 동일한 비용이 산정된다.

촉탁의가 있어 좋은 점을 알기 쉽게 현장의 목소리를 들어보면,

▲예전에는 편찮으신 부모님을 모시고 병원에 가려면 제가 휴가를 냈어요. 그런데 이제는 제가 가지 않아도 촉탁의 선생님이 오셔서 봐주시고, 처방도 해주셔서 부담이 줄었어요.

▲요양시설에는 고혈압, 당뇨병 등 만성질환을 앓은 어르신들이 많은데, 시설에서 어르신이 편안하게 진찰을 받고 약을 처방받을 수 있는 것이 촉탁의 제도의 큰 장점입니다. 촉탁의 선생님이 시설을 방문하면 궁금한 것이 많은 우리 어르신들의 질문에 성심성의껏 답변해주셔서 어르신과 가족들 모두 만족도가 높아요.

장기요양등급을 받아 요양시설에 입소 중인 어르신이 촉탁의 진찰에 대한 본인 부담금은 2018.8.1. 기준으로 8~20%이지만, 기초생활수급자는 면제이다. 건강보험 의원급 수가를 준용하여 매년 변경될 수 있으며, 원외 처방전 발행 시 발급 비용 및 약제비는 별도 부담이다. 촉탁의 진찰 시 수급자(보호자)는 별도의 교통비 부담이 없고, 월 2~3회의 방문 비용은 공단에서 지원한다.

고령자는 건강하다가도 갑자기 건강이 급속도로 나빠질 수 있다. 표현이 서툴러서 또는 자식 걱정 시킬까 봐서 아픈 곳이 있어도 제대로 전달하지 못할 수도 있고, 요즘엔 젊은 50대도 간혹 드물게 치매로 들어오는 경우도 있다.

제6장
유명한
영화나 소설

유명한 영화배우의 이야기

미국의 영화배우 실베스터 스탤론은 지금처럼 유명해지기 전에 매우 고달픈 시절을 보냈다. 그는 전 재산은 100달러뿐이었고, 집세를 낼 돈이 없어 매일 차에서 잠을 잤다. 당시의 그는 영화배우가 되고 싶어서 굳게 마음을 먹고 자신감에 가득 찬 채 뉴욕 영화사의 배우 선발에 응시했다. 그러나 잘 생기지도 않았고, 게다가 발음도 부정확했던 탓에 번번이 떨어진 게 1,500번이나 되었다.

계속해서 오디션에 떨어지자 그는 『록키』라는 시나리오를 써서 다시 도전했다. 그 시나리오를 여러 영화사에 보냈는데, 매번 퇴짜를 맞곤 했다. 시나리오 거절 또한 1,800번에 달한다. 그러나 그는 낙담하지 않고 포기하지 않았다. 또다시 계속해서 영화사에 시나리오를 보냈고, 결국 한 영화사에서 긍정적인 답변을 보내왔다. 끝까지 자신의 꿈을 포기하지 않았기에 실베스터 스탤론은 미국뿐 아니라 전 세계적으로 유명한 영화배우로 인정받고 있는 것이다.

인간은 누구나 불행하고 힘든 시기가 있는 법이다. 실베스터 스탤론은 셀 수 없이 많은 거절을 당했지만, 결국 그의 시나리오를 받아주는 영화사를 찾았다. 어떤 시기는 일이 마음먹은 대로 되지 않겠지만, 그 시기가 지나면 굳이 애쓰지 않아도 저절로 일이 해결되기도 한다. 많은 사람이 힘들어하는 운명의 장난을 자신의 인내심이 얼마나 깊은지 시험해볼 수 있는 경험으로 생각해도 될 것이다. 만약 성공으로 이르는 엘리베이터가 고장났다면 한 걸음씩 천천히 계단으로 올라가면 된다.

이를 등대 삼아 길을 찾는 아이들의 이야기다. "부모가 아이들 시선에 맞춰 대화하는 법부터 배워야 한다는 이야기를 들었다. 처음에는 몰랐는데 나중에 보니 나도 모르게 자꾸 강요하고, 주입하고, 간섭하고, 아이가 스스로 깨달을 수 있도록 기다려주지도 않았다는 것을 깨달았다."라고 말했다.

어떤 학생이든 지금이 아니라도 좋아질 수 있다고 믿고 기다려주는 것이 중요한 것 같다. 자발적으로 하도록 믿어주고, 작은 변화를 인정받으면 그때부터 아이들은 달라진다. 인정의 기준은 남과의 비교가 아니라 그 아이의 현재라고 한다. 그래서 늪에 빠진 아이들에게 따뜻한 말을 건네야 한다. 남들과 다른 길을 가기 위해선 스스로를 납득시킬 수 있는 열정과 주변 사람들을 설득할 수 있는 용기가 필요하다.

가보지 않은 길을 제시하는 역할을 고민해야 하고, 공부로 시험에서 1등 하는 것만 길이라는 획일성을 벗어야 하고, 다양성과 다중 지능을 갖도록 지원한다. 왜 치열한 경쟁을 당연한 것으로 생각하는가? 이제 지식 전달자가 아닌 디자이너로서 아이가 잘하는 것을 끄집어내 자존감을 키워주는 역할을 해야 한다. 아이가 잘하고 좋아하는 걸 더 잘하게 만드는 교육이 필요한 때이다.

영국 작가, 조앤 롤링

이번에는 우리에게 용기를 주는 얘기를 적어본다.

『해리포터』 시리즈를 쓴 영국 작가 조앤 롤링(1965~현재 54세)의 작년 수입이 약 613억 원이라고 미 경제 전문지 비즈니스 『인사이더』가 보도했다. 그의 재산을 『포브스』는 7,400억 원 정도로 추정했다. 『해리포터』 시리즈는 1997년 1편이 출간된 이후 전 세계에서 최소 5억 부가 팔려 약 8조7400억 원의 수입을 올렸다. 작가들이 일반적으로 받는 15%의 지분만 받아도 롤링은 최소 11억5000만 달러를 받는다.

그녀의 인생 이야기는 행복과 사랑, 그보다 많은 슬픔으로 점철되어있는가 하면, 용기와 결단, 어려운 난관을 딛고 일어서는 통쾌한 승리를 보여주고 있다. 조앤 롤링은 영국에서 태어나 27세에 결혼하고, 1년 만에 이혼을 했다. 일자리도 없는 상황에서 아기를 키우기 위해서 정부 보조금에 의존했다. 해리포터의 발상은 35세 때 맨체스터에서 런던까지 기차를 타고 여행할 때의 일이라고 한다. 당시에 그녀는 남자친구의 권유로 맨체스터로 이사할 생각이었으며, 마침 집을 알아보고 나서 런던의 부모님 댁으로 돌아가는 중이었다. 그러다가 고장으로 기차가 4시간이나 시골 한복판에 정차하게 되자, 그녀는 무료한 시간을 달래기 위해 상상에 잠겼다. 곧이어 그녀의 머릿속에는 다음과 같은 아이디어가 떠올랐다.

'자신이 마법사라는 사실을 알지 못하고 어쩌다가 우연히 마법사 학교에 가게 된 소년.'

그녀는 이 주인공이 11세부터 17세까지 다니는 학교생활을 소재로 하되, 한 학년에 한 권씩을 배당해서 일곱 권짜리 시리즈를 만들기로 했다. 곧이어 그녀는 자기가 얻은 아이디어에 구체적으로 살을 붙이기 시작했다. 해리포터 시리즈에 등장하는 장소와 인물의 이름이며, 성격은 자신의 경험을 통해서 토대로 했다는 사실은 이미 잘 알려져 있다. 그리고 첫 구상으로부터 5년만인 1995년에 드디어 첫 권의 원고를 완성하여 대형 출판사 12군데에 소개했지만 모두 거절당했고, 천신만고 끝에 소규모인 블룸즈버리 출판사와 결국 계약을 맺었다.

블룸즈버리 출판사에서는 1997년에 『해리 포터와 마법사의 돌』 초판을 고작 5백 부밖에 간행하지 않았고, 출간 당시에는 서평 기사도 전혀 없었다.

"아동도서로는 절대 돈을 벌지 못합니다."

출판사 관계자가 그녀와 계약을 맺으며 일찌감치 건네었던 위로의 말이 이때까지는 정확하게 들어맞는 듯한 분위기였다. 하지만 몇 년 안에 그의 말은 완전히 틀린 것으로 증명될 예정이었고, 얼마 후 해리 포터의 신화가 지구촌을 뒤흔들었다.

하지만 신작이 나올 때마다 온 세계를 들썩이게 만든 소설의 영향력이 과연 모두 허상에 불과할까? 『해리 포터』 시리즈가 전 세계

수많은 독자의 마음을 사로잡은 이유는 무엇일까? 저자인 롤링도 이에 대해서는 "나도 모르겠다."라고 대답한 바 있다. 선과 악의 대결, 부모의 죽음과 복수, 평범한 소년에서 위대한 영웅으로서의 격상이야말로 진부한 만큼이나 우리에게는 친숙한 소재이기 때문이다. 『해리 포터』에 대해서는 아주 새롭고 신선하다기보다는, 기존의 친숙한 아이디어를 잘 버무렸다는 평가가 더 어울릴 듯하다.

본편 7권과 외전 3권으로 이루어진 『해리 포터』 시리즈는 무려 67개 언어로 번역되고, 세계 135개국에서 출간되었으며, 현재 총 5억 부 이상이 팔린 것으로 추정된다. 소설과 영화의 연이은 성공 덕분에 문인으로서는 보기 드물게 억만장자로 손꼽히게 되었다.

또 다른 이야기

어느 여기자가 직장 생활을 시작한 지 얼마 안 된 26세에 발목을 다쳐 그만두게 되자 인생이 무너지는 좌절과 낙심을 겪었다. 그러나 그녀는 마음을 다잡고 펜을 다시 잡고 기사가 아닌 소설을 쓰기 시작했다. 생전 처음으로 쓰는 소설이어서 스토리가 제대로 이어지지 않았지만, 인내하면서 소설 한 권을 쓰는 데 무려 10년이 걸렸다. 그 원고를 가지고 3년 동안 이곳저곳 출판사를 다녔지만, 풋내기가 쓴 소설을 누구도 거들떠보지 않고 읽어보려고 하지 않았다. 나중에는 원고가 다 헤어져서 너덜너덜해질 정도였다.

어느 날 어떤 출판사 사장을 만나고 싶은데 만날 길이 없어서 사장이 출장 가는 시간에 맞추어서 기차역에서 기다리다가 기차를 탈 때

붙잡고서 "사장님, 여행하는 동안 이 원고를 딱 한 번만 읽어주세요!"라고 했다. 사장은 너무 간절하게 부탁하는 바람에 어쩔 수 없이 원고를 받아들고 가방에 넣었으나 일정이 바빠 원고를 읽지 못했다. 몇 달 후에 이 여기자가 "원고를 한 번만 읽어주세요."라는 전보를 보내왔다. 세 번째 전보가 왔을 때 기차 정거장에서 "사장님, 딱 한 번만 읽어주세요."라며 간절하게 부탁하던 얼굴이 생각이 나서 너덜너덜한 원고를 가방 속에서 꺼내 읽기 시작했다. 그런데 이 소설을 읽으면서 사장은 소설 속으로 푹 빠졌다. 10년간에 걸쳐서 썼던 그 소설을 순식간에 다 읽었다. 그리고선 바로 출판을 했는데, 하루에 5만 부가 팔렸다. 그 당시 1936년인데, 굉장한 사건이었다.

이 소설이 바로 『바람과 함께 사라지다』이며, 그 젊은 여성이 바로 마가렛 미첼(1900~1949)이다. 이 소설은 영화로도 나왔다. 여담이지만, 내가 군에 입대하고 야외 군인극장에서 처음으로 간판을 그려 올린 첫 작품이 바로 클라크 게이블과 비비안 리 주연의 『바람과 함께 사라지다』였다.

"내일은 내일의 태양이 뜬다."

스칼렛의 마지막 대사처럼 이 땅에서 성공한 사람들은 한결같이 포기하지 않고 끝까지 희망을 붙잡고 살았다. 자동판매기 같이 바로 응답받지 않으면 포기하는 조급병을 극복해야 성공한다고 한다.

제7장
마술과
저글링

마술의 얘기

　내가 마술에 관심 두고 시작한 것이 벌써 7년이 되었지만, 나이 탓인지 어려운 손기술을 요하는 카드마술은 아직까지도 정말 어렵다. 마술은 가지 수도 많고 복잡하여 연습을 게을리하면 금방 잊어버린다. 마술사 이은결은 2019년 현재 만38세(1981년생)로, "마술은 눈속임이 아닙니다."라고 얘기한다. 지난 5월에 예술의 전당에서 대표작 '더 일루션' 1,000회 공연을 했었다. 그리고 요즘 TV에 가끔 얼굴을 보였던 최현우(1978년생, 만41세) 마술사도 유명하다.

　마술은 현실과 상상의 경계를 허무는 예술이라고들 한다. 마술은 거슬러 올라가 영화나 TV가 나오면서 위기를 맞았고, 인터넷이 등장하면서 사형선고를 받았다. 정보화 시대에 마술의 비밀을 감출 수 없다. 댓글에 나와있는 마술의 비법이 다 맞는 얘기다. 누구도 초능력을 믿지 않는 세상에서 관객을 깜짝 놀라게 할 여지가 점점 줄어들고 있지만 그의 공연은 날이 갈수록 성황이다. 마술의 비밀이 다 공개된 세상에서 마술의 의미는 무엇일까?

　그는 인류 역사에서 마술의 출발은 주술이었다고 한다. 그가 꼽은 마술의 3요소는 '트릭(원리), 매니플레이션(기술), 미스디렉션(주의돌리기)'이다. 과학 원리에 따라 기술 연기를 하면서 사람들의 주의를 다른 곳으로 옮기는 것이 마술이라는 것이다. 신기한 쇼를 보여주는 것보다 메시지로 감동을 전하는 것으로 작품의 메시지를 관객들의 마음속에 각인시킬 수 있는 이미지를 마술로 만들어낸다고 했다.

과거 내성적인 성격을 고치기 위해 중학생 때 마술을 시작했고, 마술을 하면서 성격이 달라졌다. 대학로 마로니에 공원에서 길거리 공연을 하다 보니 내가 이렇게 즐거우면서 남도 즐겁게 할 수 있는 직업이 몇 개나 될까 싶고, 꼭 돈을 많이 벌지 못해도 마술사가 돼 모두를 행복하게 만든다면 성공한 인생이라고 생각했다. 헬리콥터가 무대에 등장하는 초대형 마술, 그의 두 손으로 아프리카 초원을 재현한 그림 자극, 증강현실 자극을 활용한 '메타 일루션' 등을 통해 현실과 과거를 넘나드는 퍼포먼스를 선보인다. 그는 "나의 상상력과 관객이 상상력이 만나는 지점을 보여주고 싶다."라면서 "'더 일루션' 공연을 보고 나면 마술의 충격, 놀라움보다는 짙은 감동의 여운을 느끼게 될 것이다."라고 장담했다.

그 역시 끊임없이 새로운 도전을 할 계획이며, 자신의 범위를 스스로 제한하고 싶지 않다고 했다.

바로 저글링이다

각종 언론에서도 저글링을 치매 예방법으로 소개도 많이 하지만, 예전에는 서커스 같은 공연에서만 보는 신기한 동작이다. 저글링을 배우려면 우선 배우는 곳을 찾아야 하는데 쉽지 않기에 알음알음 정보 매체를 통하여 발품을 파는 수고를 해야 한다. 노력 또한 꾸준히 오랜 시간을 투자해야 한다. 모든 배우는 것은 재미있고 즐거워야 계속 줄기차게 연습을 하는데, 처음에 의욕만 앞세우고 시작하다 얼마 안 돼 그만두거나 포기하는 사람을 수없이 보았다.

복잡한 두뇌의 건강을 바로 잡기 위한 방법은 오히려 간단한 저글링으로도 가능하다. 저글링처럼 새롭고 정교한 활동을 하다 보면 그 과정에서 두뇌 건강에 도움이 되고, 가벼운 육체운동까지 하기에 재미있는 취미 덕에 삶의 질까지 달라질 수 있다. 저글링은 누구나 배울 수 있고 삶에 활용할 수 있다. 그리고 때와 장소를 가리지 않고 방안에서도 할 수 있어 좋고, 비용도 안 들고 남녀노소 누구나 즐길 수 있어 추천하지만 꾸준한 많은 노력이 필요하다. 어르신들이 직접 배우셔도 좋고, 가족 구성원 중 한 명이 배워서 온 가족에게 전수해도 좋다. 방법은 접시 돌리기와 공, 실크와 같은 예쁜 천으로 하는 게 있다. 배우는 방법은 유튜브에 자세히 나와있기에 따로 학원에 안 가도 된다.

저글링 동작: 신체 건강과 뇌 활동에 좋아 치매 예방에 좋다.

  1. "공을 사랑해요."라고 자꾸 얘기함

  2. 매일 습관적으로 30분 이상 친근하게 연습한다.

  3. 한 동작을 30번 이상해도 공을 떨어트리지 않으면 다음 동작으로 넘어가며, 구호는 "무궁화 꽃이 피었습니다." **(10번 동작)**

  4. 둘이서 마주 보고 던지기. 둘이서 손을 잡고 한 동작씩 '무궁화 꽃이 피었습니다.'를 외치며 서서히 앞으로 간다.

  5. 혼자서 걸어가면서 할 수 있고, 음악에 맞춰서 여러 동작을 할 수 있다.

  6. 손과 머리가 움직여 치매 예방에 좋다.

  7. 공 5개 목표, 접시 돌리기, 실크 천 돌리기

제8장
인간관계의
필요성

인간관계의 필요성

　인간관계를 잘하는 이론의 창시자격인 데일 카네기는 맨 처음 미국 뉴욕에서 말하는 법, 연설하는 법을 강의함으로써 인간관계 컨설팅을 시작했던 인물이다. 그리고 그의 강의는 큰 설득력을 얻으며, 많은 곳에서 선풍적인 인기를 얻었다. 그로부터 15년 동안 그는 세상에서 인간관계를 잘하기 위한 실질적인 기술들을 축적해나갔고, 이러한 기술을 여러 각도로 실험한 끝에, 인간관계의 원리를 『카네기 인간관계론』이라는 한 권의 책으로 발간했다. 이는 『카네기 연설법』과 『카네기 성공론』과 함께 지금까지 1억 부 이상 팔렸고, 지금도 여전히 베스트셀러 순위에 올라있다.

　우리는 카네기의 저서들을 통해 그의 인생철학에 대한 진지한 강의를 들을 수 있다. 또 가치관이 혼동되고 삶의 지표를 상실해버린 현실에서 해결책을 찾을 수 있다. 이 책이 현실을 바탕으로 한 완벽한 생활철학이며, 누가 읽어도 공감할 수 있는 '지혜의 보물창고'이기 때문이다.

　그런데 세상 모든 일이 그러하듯 칭찬하는 데도 기술이 필요하다. 모호하고 추상적인 칭찬은 사람의 마음을 상하게 하는 역효과를 가져올 수도 있다. 감동을 주는 칭찬 방법은 막연하게 하지 말고, 구체적으로 칭찬하는 것이다. 칭찬을 받으면 바보도 천재로 바뀌기에 삶 속에서 적용하고 활용할 때 엄청난 에너지와 능력을 발휘하는 사람으로 변화될 것이다.

제9장
말의
중요성

말의 중요성

사회생활을 하다 보면 남 앞에 나가서 자기소개나 얘기를 해야 할 때가 있다. 제대로 얘기 못 하면 체면도 안 서고 낭패를 볼 때도 있다. 이런 경험을 한 사람도 많다. 나 역시 7년 동안 스피치 학원에 다녔고 복지관, 경로당, 요양원, 마술 수업, 하모니카 수업을 진행한 횟수를 다 합치면 2천 회 가까이 되지만 그래도 남 앞에서 얘기한다는 것은 인간이기에 당연히 떨린다. 다만, 그 떨림이 상대방에게 보이지 않을 뿐이다.

떨지 않고 침착하게 얘기하려면 말하는 것도 연습이 필요하다. 메라리언(캘리포니아대학교 심리학과 명예교수)의 법칙에서는 대화에서 시각과 청각 이미지가 중요시된다는 커뮤니케이션 이론이 있다. 한 사람이 상대방으로부터 받는 이미지는 시각이 55%, 청각이 38%, 언어가 7%에 이른다는 법칙이다. 1971년 출간한 저서에서 발표한 것으로, 커뮤니케이션 이론에서 중요시된다.

시각 이미지는 자세, 용모와 복장, 제스처 등 외적으로 보이는 부분을 말하며, 청각은 목소리의 톤이나 음색처럼 언어의 품질을 말하고, 언어는 말의 내용을 말한다. 이 이론에 따르면 대화를 통하여 상대방에 대한 호감 또는 비호감을 느끼는 데에서 상대방이 하는 말의 내용이 차지하는 비중은 7%로 그 영향이 미미하다. 반면에 말을 할 때의 태도나 목소리 등 말의 내용과 직접적으로 관계가 없는 요소가 93%를 차지하여 상대방으로부터 받는 이미지를 좌우한다는 것이다.

무대에 서는 부담을 최소화하기 그리고 안정적으로 말하기 요령

1. 자기암시, 눈빛, 호흡 발성, 소리 전달력, 말 만들기.
2. 항목 원고에 의존해서 말하자.
3. 쉬운 표현과 단문(짧은 문장)을 사용하자.
4. 중요한 말 핵심을 말하고 내려온다는 생각으로 무대에 서자.
5. 나의 호흡과 말하기를 먼저 신경 쓰고 난 다음 청중을 서서히 바라보자.
6. 복식호흡을 제대로 습관들이며 말하자.
7. 발표 속도를 멈추고 늦추면서 완급 조절 연습.
8. 남과 나의 스피치를 비교하지 말자. 나의 어제 스피치와 비교하자.
9. 나의 전공 및 업무 관련 낭독 실습을 평소에 자주 하자.
10. 발표 포옹력과 무대 포옹력을 넓히고, 여러 스피치 수행 능력을 키우자.
11. 스피치 파티를 가끔 참가하여 무대 노출 경험을 갖는다.

태도: 자세는 바른가? 시선은 청중을 주시하는가? 표정과 동작은 적절한가?

음성: 발음은 명확한가? 말의 속도 억양은 적절한가? 안정된 어조를 사용하는가?

내용: 자료수집 및 준비는 충분한가? 흥미 있는 내용인가? 청중의 반응은 긍정적인가? 이성과 감성에 동시 호소하고 있는가? 효과적인 표현을 사용하고 있는가? 시간의 배분은 적절한가?

내용 중에는 적절한 유머나 위트가 필요하다.

노인들이 넘어지는 것을 간혹 보는데, 낙상 사고는 큰 부상으로 이어진다. 넘어져서 위기를 유머로 모면하거나 세상을 즐겁게 한 일화들이 많이 있지만, 그 가운데 처칠의 사례를 들어본다. 처칠이 의사당의 단상을 오르다가 발을 헛디뎌 넘어지게 되자, 많은 사람이 킬킬대고 웃었다. 처칠은 이를 보고 "여러분들이 저로 인해 이렇게 좋아하는 것을 본 적이 없는데 ,이렇게들 좋아하시니 정말 좋습니다. 여러분들이 행복할 수만 있다면 한 번 더 넘어질 의향도 있습니다."라고 말했다. 당연히 그의 재치에 모두가 즐거워했다.

마음을 얻으려면 상대의 말에 귀를 기울여라. 변화하는 시장에서 더 빨리 변하지 않으면 도태된다는 절박함에서 살길을 찾자. 내 생각으로 변화를 만들고 싶다면 다양한 전문가를 모시고 인생의 지혜와 통찰력을 배우는 시간도 필요하다. 나의 인생을 깊이 성찰하고 돌아보는 힐링의 시간도 필요하다. 얼굴에는 80여 개의 근육이 있고, 그중 약 50개 정도가 표정과 관련이 있다고 한다.

용기를 주는 이야기

자신을 믿자!

자신감이 힘이다. 자기만이 할 수 있는 일이 있다. 긍정적이고 적극적인 사고를 갖자. 얼마나 많이 넘어졌는지는 중요하지 않다. 정작 중요한 것은 '얼마나 많이 일어섰는가?'이다. 체면을 벗어던지고 눈치를 보지 말고 인간적인 자신의 삶을 영위하자. 가까운 사이일수록 '사랑한다', '고맙다', '수고했다', '미안하다', '괜찮다'라는 말을 사용하자.

뿌린 대로 거두리라.

상처를 주면 상처로 돌아오고, 희망을 주면 희망으로 돌아온다. 남에게 대접받고 싶은 만큼 먼저 대접할 줄 알아야 한다. "말이 입힌 상처는 칼이 입힌 상처보다 깊다."라는 모로코 속담이 있다. "말은 깃털처럼 가벼워 주워 담기 힘들다."라는 『탈무드』의 교훈도 있다. 상대를 낮추며 자신을 올리려는 사람들이 있는데, 상대를 무시하면 자신도 무시당하게 된다. 배려와 존중의 말로 자신의 격을 높여가야 한다. 남의 허물이 보이거들랑 슬그머니 덮어주고 토닥거리며, 다독이며 둥글게 살자. 날개는 남이 달아주는 것이 아니라 자기 몸을 뚫고 스스로 나오는 것이다. 꿈의 날개를 활짝 펴고, 높이 날아오르는 하루하루를 만들자.

세월 참 빠르다.

눈뜨면 아침이고 돌아서면 저녁이고, 월요일인가하면 벌써 주말이고, 월초인가 하면 어느새 월말이 되어있다. 세월이 빠른 건지 내가 급한 건지 아니면 삶이 짧아진 것인지, 마음속의 나는 그대로인데 거울 속의 나는 어느새 늙어있다. 일모도원(日暮途遠)이라 해놓은 것은 없는데 나이는 어느새 70을 바라보고 있지만 짧은 세월, 허무한 세월 그래도 하루하루 최선을 다해 살아야 한다.

미워하지 않으리.

남의 눈에 눈물 나게 하면 내 눈엔 피눈물 난다는 말은 정말이다. 나의 것이 소중한 줄 알면 남의 것도 소중한 줄 알아야 한다. 니꺼, 내꺼 악쓰며 따져봤자 이다음에 황천갈 때 관 속에 넣어 가는 거 아니다. 서로 간에 예쁘네, 못났네 따져봤자 컴컴한 어둠 속에서는 다 똑같다. 집에 노인이 계시거들랑 정성껏 보살피며 내 앞날도 준비하자. 나도 세월이 흘러 늙어간다.

살아있는 행복(幸福).

아침에 눈을 뜨면 "오늘도 살았네!" 한 번 외쳐보자. 살았다는 느낌보다 인간(人間)에게 더 좋은 에너지를 주는 것은 없다. 현재(現在)에 가장 중요한 것은 지금 살아있다는 것이다.

희망의 시작은 인정하는 것이다.

현실이 절망적이라고 느껴질 때 그 상황을 바라보는 시선과 자세는 아주 중요하다. 현실을 정직한 시선으로 바라보고 깨끗하게 인정하는 자세를 취하면 절망에서 희망으로 방향을 잡아갈 수 있다. 절망적인 상황을 인정한다고 해서 결코 포기하는 것이 아니다. 인정한다는 것은 현실을 직시하는 것이고, 실패나 실수의 원인을 찾아 그 상황에서 벗어날 수 있는 튼튼한 디딤돌이 되는 것이다. 인정하기 위해서는 현재의 의식 수준부터 정확하게 점검하고 받아들여야 한다. 인정한다는 것은 불필요한 에너지 소모를 막는 것이다. 인정할 때 변명이나 핑계로 빠져나가는 에너지 소모를 막고, 밝은 의식으로의 전환이 일어날 것이다.

인간의 실체는 빛이다.

그래서 밝은 의식과 밝은 빛, 그리고 밝은 자리로 끊임없이 움직이는 것이 인간의 본능이다. 있는 그대로를 인정하고 받아들이면 밝은 의식으로 방향을 찾아가는 희망찬 인생의 주인공이 될 것이다.

정승이 죽으면 문상객이 없어도 정승댁 개가 죽으면 문상객이 붐빈다. 사람이 죽고 나서야 그 사람을 알 수 있다. 평생 사회생활을 잘했는지, 대인관계를 어떻게 했는지 초상 때 알 수 있다. 무엇을 하느냐가 중요한 것이 아니라 어떻게 사느냐가 문제다.

세 가지를 즐겨라

1. 술과 안주 맛을 즐기고
2. 대화를 즐기며
3. 운치(분위기)를 즐겨라

세 가지를 금하라

1. 정치 이야기를 금하고
2. 종교 이야기를 금하며
3. 돈 자랑, 자식 자랑, 자기 자랑을 금하라

세 가지 예의는 지켜라

1. 술을 적당히 권하고
2. 말조심하고
3. 상대방의 기분을 생각하며 마셔라

진정한 소통이 우울증 극복의 길이다.

우울증은 기분장애의 일종이며, 우울한 기분, 의욕·관심·정신활동의 저하, 불면증, 지속적인 슬픔, 불안 등을 특징으로 한다. 감정을 조절하는 뇌의 기능에 변화가 생겨 '부정적인 감정'이 나타나는 병이다. 우울증은 과도한 스트레스, 뇌에서 분비되는 세로토닌 등 신경전달물질의 불균형 및 유전적인 요소 등이 원인이 될 수 있다.

또한, 우울증은 제때 치료하지 않으면 삶을 위협할 수 있는 위험한 질병이기도 하다. 우울증은 우울감, 식욕부진, 만사 귀찮음 등 정신적인 증상들이 나타나지만, 식욕 감퇴, 성욕의 감퇴, 불면증 등의 신체적 증상을 동반하는 경우도 드물지 않다. 육체적인 건강을 위해서 운동을 지속적으로 하면 근력이 단련되듯이, 뇌도 지속적인 뇌 신경 운동을 시켜주면 긍정적인 뇌 신경 회로를 재조직화할 수 있다는 뇌 가소성의 원리가 적용된다.

'마음의 감기'라고도 불리는 우울증은 이같이 언제, 어디서, 누구에게나 찾아올 수 있다. 그렇다면 우울증을 예방할 수 있는 방법은 무엇일까? 우울증을 예방하는 생활 습관으로 자신의 성격을 되돌아보며 생활태도 개선부터 해야 한다.

첫째, 강박관념을 갖고 자신이나 주위 사람을 대하고 있다면 고치도록 노력하는 게 좋다. 이런 사람들은 작은 일이라도 실수를 하면 그때마다 자신에게 실망해 부정적인 자아상을 갖기 쉽기 때문이다.

둘째, 여러 사람이 모이는 자리를 가능한 한 자주 참여해서 상호 소통의 시간을 갖는 게 좋다.

셋째, 자신만의 스트레스 해소법을 한두 가지 갖는 것도 좋다. 적절하게 스트레스를 해소하는 방법을 갖고 있다면 우울증에 노출될 확률은 그만큼 줄어들게 된다.

인생을 살다 보면 행운과 불행이 찾아올 수 있다. 특히, 어렵고 힘든 상황에 봉착하면 고립감과 외로움을 느끼게 된다. 우울증을 겪는 사람을 보면 안 좋은 일은 모두 자기 탓이라고 생각하고, 작은 일에도 쉽게 마음이 상하기 쉽다. 이러할 때 이야기를 잘 들어주고, 마음과 감정을 깊이 이해해주는 대상이 있으면 큰 힘이 된다. 무거운 마음의 짐을 덜 수 있도록 따뜻한 마음으로 감싸주고, 진정한 소통을 통해 나 자신이 인정받고 사랑받고 있음을 느끼는 것이 무엇보다도 중요하다고 생각한다. 서로가 서로를 바라봐주고, 귀 기울여 들어주고, 지지를 해줄 수 있는 진정한 소통의 장이 항상 우리 가까이에 머물러 있어야 한다.

지혜와 통찰

역사는 오랫동안 리더의 학문으로 여겨지며, 지혜와 통찰을 전하는 역할을 한다. 세상을 움직이는 리더들은 하나같이 역사에 심취했다. 요즘 세상같이 바쁘고 자신에게 필요한 공부를 하는 것만으로도 시간이 모자란 현대인들이 왜 고리타분하고 쓸데없는 공부의 대명사처럼 여겨지는 역사에 심취할까? 역사 공부는 타임머신을 타고 과거로 돌아가는 일이다. 시간 여행을 다루는 영화나 드라마 속에서 주인공들이 삶을 바로잡고 싶을 때마다 시간을 되돌린다. 그런 특별한 능력이 없는 우리는 역사 속으로 시간 여행을 떠나 지금 고민하고 있는 문제의 답을 찾을 수 있다.

특히 세상이 더 빨리 바뀌고 복잡해진 오늘에는 오래되지 않은 일마저도 금세 잊어버리고 옛것으로 치부하며, 조급하게 근거 없는 미래를 예측하는 데만 급급하다. 이런 시대에 역사는 지금 눈앞에서 벌어지고 있는 온갖 문제의 근원에 무엇이 있는지를 알려준다. 거창하게 우리가 아는 역사 공부가 아니라 자기 자신의 역사, 즉 과거를 돌이켜보면 거기에서 답을 찾을 수 있다고 생각한다. 선택의 기로에 설 때마다 역사에서, 과거를 통해서 미래를 본다는 말은 결코 거짓이나 과장이 아니다. 우리 삶에 도움이 되는 키워드를 뽑아내고, 자신만의 궤적을 만들며 살아간 이들을 멘토로 하여 공부하면 조금이나마 해답을 찾을 수 있을 것이다. 비슷한 얘기지만, 시간이 흐른 뒤 다시 집어든 고전은 미처 보지 못했던 것들을 보여준다. '고전'이라고 분류되는 책들은 세상에 나온 지 아주 오래된 책들이다. 솔직히 고전을 읽으면서 재미를 느끼기에는 힘든 점이 있다. 요즘 우리들의 모습이 등장하는 이야기가 아니니까. 그런데 우리는 왜 고전을 읽어야 할까? 우선 고전에는 어떤 공통점이 있을까 생각해보면, 어떤 책이 세상에 나온 이후 오랜 세월 동안 수없이 많은 사람이 읽고 또 읽었으며, 생각하고 이야기하고 다음 세대에게 권한 책이 바로 고전이다.

그래서 고전에는 '변하지 않는 인간의 가치'가 들어있다. 고전은 그렇게 살아남아 지금 우리 앞에 놓여있는 거다. 다시 말해 이런 면에서 고전은 '오래된 새 책'이라고 말할 수 있다. 한 권의 고전을 '나의 시간'에 따라, 그리고 시대의 변화에 따라 반복해서 읽은 것에 대해 이야기할 수 있고, 새로운 이해, 변화된 판단, 뜻하지 않은 영감 등 이런 것들이 고전을 다시 읽을 때 얻을 수 있는 선물이라고 알려준다. 무엇보다 자신의 정신적 성장을 가늠해볼 수 있는 좋은 방법이다. 어린 시절 처음 읽었을 때와 대학생 때, 그리고 노년에 들어서며 다시 읽은 이야기는 같은 책인데도 읽을 때마다 얼마나 다른 생각을 했는지, 얼마나 새로운 경험을 하게 되었는지 우리에게 설명하고 있다. 책을 읽으면 긴 호흡으로 하나의 문제를 성찰하고 그 과정에서 답을 찾고 영감을 얻을 수 있다. 스스로 판단하고 성찰하는 힘을 기를 때 주체적인 삶을 살 수 있다.

특히 세상이 더 빨리 바뀌고 복잡해진 오늘에는 오래되지 않은 일마저도 금세 잊어버리고 옛것으로 치부하며, 조급하게 근거 없는 미래를 예측하는 데만 급급하다. 이런 시대에 역사는 지금 눈앞에서 벌어지고 있는 온갖 문제의 근원에 무엇이 있는지를 알려준다. 과거를 통해 미래를 본다는 말은 결코 거짓이나 과장이 아니다. 다시 말해 우리 삶에 도움이 되는 키워드들을 뽑아내고, 자신만의 궤적을 만들며 삶을 살아간 이들을 멘토로 소환한다. 역사를 왜 배워야 하는지, 역사로부터 무엇을 배워야 하는지, 의문을 가졌던 사람이라면 자기 자신의 역사에서 그 답을 찾을 수 있을 것이다.

제10장
자신감

지금 실현할 수 있는 것이 꿈 일부에 불과해도 좋다

어쩌면 '꿈을 이룬다'는 것은 자기가 되고 싶은 것을 먼저 훌륭하게 해낸 모델에게 자신을 끌어다가 맞추는 것일 것이다. 어찌 보면 자신이 우러러보는 사람은 스승, 존경하고 닮아보고 싶은 사람은 멘토이다. 만일 그런 꿈이 없다면 인간은 새로운 것을 생각할 수 없다. 자신의 가능성을 열 수도 없다.

내가 나훈아같이 되기를 꿈꾸어도 실제로 나훈아가 되는 것은 불가능하다. 그래도 그 꿈의 일부라도 실현하려는 것을 목표로 한다면 비슷하게 닮아갈지도 모른다. 그래서 꿈을 가지고 자기가 목표로 한 모델처럼 되겠다는 실현 의지가 필요한 것이다. 나는 이제 예전에 품었던 꿈의 일부분이 이미 일상생활이 되어있음을 발견한다. 완벽하게 내가 그려온 모델처럼 되어있지는 못하지만, 나는 앞으로도 계속 그 꿈을 향해 노력해나갈 것이므로 이 일상을 연장시켜나가면 계속 완성도를 높여갈 수 있을 것이라고 생각한다.

배운다는 것은 어떤 사람을 모델로 하여 푹 빠져드는 것과도 같다. 또한, 배운다는 것은 흉내낸다는 것이고, 그 배움의 모델은 자기 꿈의 스승이 된다. 이때 배우는 자세가 제대로 되어있지 않거나 스승이 훌륭하지 않으면 대개는 작심삼일(作心三日)이 되어버린다. 나의 경우는 시간이 허락하면 책을 읽으려고 노력한다. 책 속에는 내가 경험하지 못한 것들이 들어있어 그것들을 끄집어내면 나의 상상력이 된다. 책도 언어로 만들어진 하나의 관념물이다. 일어나지도 않은 허구적인 내용들이 쓰여있어 일어나지도 않는 일을 쓰지만, 실제로 있을 수 있는 일이기 때문에 '소설'이라는 말이 어울린다.

그래도 소설 속에서 관념으로 만들어져있는 현실성이라는 것은 우리가 현실에 살고 있는 일상 세계와는 좀 다른 세계의 일이다. 여기서 이런 얘기를 하는 것은 젊은 사람만 꿈꿀 수 있는 자격이 되는 게 아니라 늙어가는 우리도 꿈꿀 자격이 있다는 것이다. 자신의 꿈을 실현하기 위한 지름길은 하고 싶은 목록을 종이에 적어 눈에 잘 띄는 책상 앞에나 열고 나가는 문 안쪽에다 붙이거나 책꽂이 벽면 쪽 등에다 붙이면 볼 때마다 새로운 각오와 의지로 자신을 불태울 수 있다.

노력만이 성공한다

스페인 출신의 사라사테(1844~1908)는 파가니니 이후 최고의 바이올리니스트로 평가받는다. 10세 때 스페인 이사벨라 여왕 앞에서 연주하고서 여왕으로부터 명품 바이올린 스트라디바리우스를 선물받기도 했다. 바이올린의 모든 기교를 자유자재로 발휘한 그는 타고난 천재로 불렸다. 그렇지만 사라사테가 남긴 말은 연주자에게 숙명인 '끝없이 훈련하는 삶'을 한마디로 표현하고 있다. "37년간 하루 14시간씩 바이올린을 연습해왔는데, 사람들은 나를 가리켜 천재라고 부른다."라고 했다.

중국계 미국인 요요 마(64세)는 세계에서 가장 잘 알려진 첼로 연주자일 것이다. 첼로로 연주할 수 있는 모든 작품을 종횡무진으로 다루는 요요 마는 지난 30여 년 동안 50장이 넘는 앨범을 발매했고, 15번이나 그래미상을 받은 우리 시대의 슈퍼스타다. 그는 "음악을 하면서 행복하지 않다면 당신은 왜 음악을 합니까?"라는 명언을 남겼다. 첼로를 연주하는 요요 마의 모습을 보면 자신의 첼로소리를 청중들과 함께 나누는 것이 진심으로 행복하다고 느끼는 것 같다. 작년 8월부터 이어지고 있는 이번 연주회는 전 세계 6개 대륙 36개 도시에서 진행되고 있다. 첼로 한 대로 쉬지 않고 2시간 30분 동안 바흐를 연주한 요요 마에게 5,000여 명의 청중은 마음을 모아 귀를 기울였다. 요요 마는 시종일관 눈을 감고 집중하면서 미소 띤 얼굴로 연주를 이어나갔다. 평소 그가 늘 강조하는 이 단순한 원칙은 누구에게나 삶의 이유를 다시 한 번 생각하게 한다.

어떤 사람은 이렇게 말한다. "공연 만들고 출연하는 나는 행복해. 이 나이에 아직 불러주는 곳이 있으니 천만다행이야." 다양한 변화와 시도를 거듭한다. 최근 몇 년간 성악을 배워 올 초 성악가로 데뷔했고, 독립영화의 나레이션을 맡기도 했다. 문학작품을 남기는 것은 최후의 꿈이지만 여든 이후로 미뤄야 한다.

당분간은 현역으로 사방팔방 뛰고 싶다는 김명곤(1952년생) 전 문화관광부 장관의 얘기다.

"우리는 지금 새로운 시대를 살아가고 있습니다. 시대가 발전하고 목적이 달라지면 새로운 필요가 생겨나며, 이는 새로운 기술을 창출하는 원동력이 됩니다. 익숙한 것을 버리고 남들이 감히 시도하지 못하는 것에 도전할 수 있었던 용기는 오직 배우고자 하는 여러분이 있었기에 가능했습니다. 남의 것을 따라 해서는, 답습만 해서는 그 이상의 성취를 이루지 못한다는 것을 알기에 저는 늦게나마 이 모든 것을 운명적으로 선택했습니다. 제 손을 꼭 잡고 '감사합니다, 고맙습니다.'라는 말씀을 잊지 않고 해주시며 밝은 모습으로 연주하는 제자들을 볼 때 제가 이 길을 선택한 것에 무한한 행복감과 책임감을 느낍니다. 저는 여러분들에게 희망과 기쁨을 이야기하고 싶습니다. 감사합니다."

희망의 메시지

지금부터는 우리에게 희망을 주는 얘기를 해보고자 한다. 아직도 이봉주를 기억하는 사람들이 있을 것이다. '봉달이'는 이봉주(1970~) 전 국가대표 마라톤 선수에게 국민들이 붙여준 애칭이다. 가난한 농부의 5남매 중 막내로 태어난 그는 키도 작고 몸집도 작았다. 먹고사는 문제로 천안농고에 들어갔다가 숨은 재능을 알아본 친구의 권유로 육상부에 입단했다. 그 후 달리기 하나를 위해 고등학교를 두 번이나 옮겼다. 그는 1998년 방콕 아시안게임 때 금메달을 땄고, 2000년 도쿄 국제마라톤에서 2위를 했다. 2001년 제105회 보스턴 마라톤대회에서는 1위를 차지했다. 마라톤 선수를 하기엔 신체도 부적합했다. 평발이었고, 짝발(왼발과 오른발이 4mm 차이가 났다.)이었다. 경기 후반으로 갈수록 늘 몸이 왼쪽으로 기우는 치명적 결함을 동반했다. 그럼에도 평생 41번이나 풀코스를 완주했다.

이 세상 누구도 이 기록을 갖고 있지 못하고, 모든 마라토너도 이봉주보다 빨리 달렸을지언정, 이봉주보다 많이 달려보진 못했다. 굴곡진 인생 여정에서 그는 20여 년을 마라톤 선수로 살았다. 후원사 없이 여관방에서 눈물 젖은 밥을 먹으면서 달렸고, 그때마다 국민의 지지와 가족의 사랑은 큰 힘이 됐다.

하지만 마라토너로서 그의 무게와 압박을 감당한 것은 두 다리였다. 그는 자신의 두 다리를 설득하고 때론 채찍질하며 달렸을 것이다. 그러고 보면 삶은 결국 자기 자신과의 진중한 대화일 수밖에 없다.

우리에게는 큰 변화 없이 매일 반복되는 듯한 일상이 참을 수 없을 만큼 무료하게 느껴질 때가 있다. 그러나 알고 보면 어제 내려앉은 아침 햇살과 오늘 햇살은 전혀 다른 것이다. 다만 마음이 그렇게 느낄 뿐이다. 일상의 소중함을 알고 작은 놀라움, 작은 웃음 속에 생(生)의 기쁨이 있음을 절감한다. 어린아이 같은 맑은 마음, 맑은 눈빛으로 하늘을 보고 나무를 보자. 그 자체로 일상은 또 한 번 새롭다는 것을 크게 느낄 것이다.

2010년 4월 A양(16)이 법정에 섰다. 이미 14차례 절도, 폭행 등의 전적이 있었다. 이번엔 친구들과 오토바이를 훔쳐 달아난 혐의로 구속됐다. '소년 보호시설 감호 위탁' 같은 처분이 예상됐다. 그러나 판결을 담당한 김귀옥 판사(여, 47)는 A양에게 무거운 처분 대신 '법정에서 일어나 외치기'를 지시하며 이렇게 말했다.

"나는 세상에서 가장 멋지게 생겼다. 나는 무엇이든 할 수 있다. 나는 이 세상에서 두려울 게 없다. 이 세상은 나 혼자가 아니다."

김 판사를 따라서 외치던 A양은 끝내 참았던 눈물을 쏟았다. A양은 간호사가 꿈이었다. 그 꿈을 이루기 위해 공부도 상위권을 유지했다. 그런데 어느 날 남학생들에게 끌려가 집단폭행을 당한 뒤부터 삶이 망가졌다. 어머니는 그 충격으로 몸에 마비를 겪었고, A양은 자존감을 잃고 비행 청소년들과 어울리며 범행을 저지르기 시작했다. 김 판사는 법정에서 "이 아이는 가해자로 재판에 왔습니다. 그러나 이렇게 삶이 망가진 것을 알면 누가 가해자라고 쉽사리 말하겠어요?"라고 말했다.

상대의 잘못을 지적하기는 쉬워도 그 잘못의 전후 맥락을 헤아려보는 것은 간단치 않다. 낙인(烙印)이 아닌 그 삶의 결을 더듬어 보려는 심적 여백이 확보되지 않으면 시작부터가 난항이다. 모두가 행복한 세상을 꿈꾸고 있다. 그러나 그런 세상은 느닷없이 오지는 않을 것이다. 서로의 아픔을 함께 나누려는 마음이 없으면 끝까지 요원할지도 모른다. 정호승 시인은 "외로우니까 사람이다."라고 말했다. 그러나 "사랑이 있는 한 그 외로움은 견뎌낼 수 있다."라고 강조했다. 따뜻한 세상을 꿈꾸는 만큼 더 사랑해야 할 이유가 바로 거기에 있다. 번민, 성냄, 그리움…. 그것들은 때때로 내가 어디에, 누구로 서있는지 삶의 좌표를 망각하게 한다. 그래서 고승들은 "당신은 어디서 온 누구냐?"라는 질문으로 성찰케 했던 것 같다. 그러나 알아야 한다. 시간은 모두에게 흐르고 각자의 삶에서 개별화된다는 것을, '당신에게는 당신의 시간이 흐르고 있다'는 것을.

2005 개봉한 영화 『블랙(BlacK)』은 한평생 맹인으로 살았던 '헬렌 켈러'와 교사 '설리번'의 이야기를 인도 스타일로 리메이크한 것이

다. 여기서 영화가 아닌 실제로 기적을 만든 뭉클한 감동의 세 여인이 있었다.

　미국 보스턴의 한 보호소에 앤(Ann)이란 소녀가 있었다. 앤의 엄마는 6살 되던 해 죽었고, 아빠는 알코올 중독자였다. 아빠로 인한 상처에다 보호소에 함께 온 동생마저 죽자 앤은 충격으로 미쳤고 실명까지 했다. 수시로 자살을 시도하고 괴성을 질렀다. 결국, 앤은 회복 불능 판정을 받고 정신 병동 지하 독방에 수용되었다. 모두 치료를 포기했을 때 노(老)간호사인 로라(Laura)가 앤을 돌보겠다고 자청했다. 로라는 정신과 치료보다는 그냥 친구가 되어주었다. 그래서 날마다 과자를 들고 가서 책을 읽어주고 기도해주었다. 그렇게 한결같이 사랑을 쏟았지만 앤은 담벼락처럼 아무 말도 없었고, 앤을 위해 가져다준 특별한 음식도 먹지 않았다.

　어느 날, 로라는 맨앞에 놓아준 초콜릿 접시에서 초콜릿이 하나 없어진 것을 발견했다. 이에 용기를 얻고 로라는 계속 책을 읽어주고 기도해주었다. 앤은 독방 창살을 통해 조금씩 반응을 보이며 가끔 정신이 돌아온 사람처럼 얘기했고, 그 얘기의 빈도수도 많아졌다. 마침내 2년 만에 앤은 정상인 판정을 받아 파킨스 시각장애아 학교에 입학했고, 밝은 웃음을 찾았다. 그 후, 로라가 죽는 시련도 겪었지만, 앤은 로라가 남겨준 희망을 볼 수 있는 마음의 눈으로 시련을 이겨내고 학교를 최우등생으로 졸업했고 한 신문사의 도움으로 개안 수술에도 성공했다. 수술 후 어느 날, 앤은 신문 기사를 봤다.

"보지 못하고, 듣지 못하고, 말하지 못하는 아이를 돌볼 사람 구함!"

앤은 그 아이에게 자신이 받은 사랑을 돌려주기로 결심했다. 사람들은 못 가르친다고 했지만 앤은 말했다. "저는 하나님의 사랑을 확신해요." 결국, 사랑으로 그 아이를 20세기 대기적의 주인공으로 키워냈다. 그 아이가 '헬렌 켈러'이고, 그 선생님이 앤 설리번(Ann Sullivan)이다. 로라는 앤과 함께 있어주고 앤의 고통을 공감하면서 앤을 정상인으로 만들어냈고, 앤도 헬렌과 48년 동안 함께 있어주었다. 헬렌이 하버드 대학에 다닐 때는 헬렌과 모든 수업에 함께하면서 그녀의 손에 강의 내용을 적어주었다.

이 기적의 천사 헬렌 켈러는 3중 불구자이면서도 절망하지도 않고 삶을 포기하지도 않았을뿐더러 오히려 정상아보다도 더 열심히 공부했다. 왕성한 의욕과 꿋꿋한 의지를 가지고 새로운 삶의 길을 찾아 스스로 피눈물 나는 노력을 계속했다. 하버드 대학을 졸업하던 날, 헬렌은 브릭스 총장으로부터 졸업장을 받고서 하염없이 눈물을 흘렸고, 설리번 선생님도 감격의 눈물을 흘렸다. 졸업식장에 있던 모든 사람은 헬렌의 뛰어난 천재성과 설리번 선생님의 훌륭한 교육을 일제히 찬양하였다. "항상 사랑과 희망과 용기를 불어넣어준 앤 설리번 선생님이 없었으면 저는 이 자리에 없었을 것입니다."

그토록 의지가 강한 그녀가 『3일 동안만 볼 수 있다면』이라는 책에 이런 글을 썼다.

"만약 내가 사흘간 볼 수 있다면 첫째 날엔 나를 가르쳐준 설리번 선생님을 찾아가 그분의 얼굴을 바라보겠습니다. 그리고 산으로 가서 아름다운 꽃과 풀과 빛나는 노을을 보겠습니다.

둘째 날엔 새벽에 일찍 일어나 먼동이 터오는 모습을 보고 싶습니다. 저녁에는 영롱하게 빛나는 하늘의 별을 보겠습니다.

셋째 날엔 아침 일찍 큰길로 나가 부지런히 출근하는 사람들의 활기찬 표정을 보고 싶습니다. (내가 이 글을 쓰면서 이 대목에서 나도 모르게 울컥했다.) 점심때는 아름다운 영화를 보고 저녁에는 화려한 네온사인과 쇼윈도의 상품들을 구경하고, 집에 돌아와 사흘간 눈을 뜨게 해주신 하나님께 감사의 기도를 드리고 싶습니다."

마음의 상처를 치유하는 것은 상처에 대한 적절한 분석과 충고가 아니라 그냥 함께 있어주는 것이다. 상한 마음은 충고를 주기보다 자신을 줄 때 아문다. 좋은 충고보다 좋은 소식이 중요하다. 헬렌 켈러에 대해서는 많은 사람이 잘 알고 있으나 그녀의 스승에 대해서는 잘 모른다. 보지도 듣지도 말하지도 못하는 삼중고를 안고 있는 헬렌 켈러를 전 세계를 놀라게 한 인물로 만든 사람이 바로 앤 설리번(ANN SULLIVAN)이다.

앤 설리번은 늘 되풀이해서 다음과 같은 말을 했다고 한다.

"시작하고 실패하는 것을 계속하라. 실패할 때마다 무엇인가 성취할 것이다. 네가 원하는 것을 성취하지 못할지라도 무엇인가 가치 있는 것을 얻게 되리라. 시작하고 실패하는 것을 계속하라. 절대로 포기하지 말라. 모든 가능성을 다 시도해보았다고 생각하지 말고 언제나 다시 시작하는 용기를 가져야 한다."

이 영화에선 보지도 듣지도 못하는 8살 소녀 '미셸'과 '사하이'란 남자 선생이 등장한다. 사하이가 미셸을 처음 만났을 때 그녀는 동물처럼 방울을 달고 있었다. 미셸이 보이지 않으면 부모는 방울 소리를 듣고 그녀를 찾아냈다. 사하이 선생이 그 집에 가서 처음 한 일은 그 방울을 떼는 것이었다. 사하이 선생은 미셸에게 "알파 벳은 원래 A, B, C, D, E로 시작되지만 너에겐 B, L, A, C, K로 시작되지."라며 다름을 인식시켰고, 그 다름을 자랑스럽게 생각하 라고 말했다. 하지만 침묵과 어둠에 갇혀 동물처럼 지내온 어린 고 집쟁이 소녀를 빛으로 이끌어내는 것은 쉽지 않았다. 그러다가 분 수대의 차가운 물속에 빠지면서 물이란 것이 어떤 것인지 그 단어 를 온몸으로 배우면서 서서히 빛 가운데로 나오기 시작했다.

그 이후 미셸은 사하이 선생의 도움으로 대학에까지 진학했다. 장장 20년 만에 졸업하게 되지만 끝없는 실패와 난관은 그녀에게 는 조금도 문제가 되지 않았다. 때때로 남이 가진 것을 갖지 못했 을 때 그것은 포기해야 할 이유로 작동한다. 그러나 남과 다르기 때문에 남이 해보지 못한 새로운 방식으로 해낼 수도 있는 것이다. 사하이 선생은 미셸에게 이 땅에 존재하는 모든 단어를 가르쳤다. 하지만 '불가능'이란 단어만은 가르치지 않았다.

삶에는 저마다의 '블랙'이 있다. 그래서 때론 숨 가쁘고 때론 버 겁다. 그러나 천천히 갈지언정 포기하지는 말자. 결국, 우리 모두는 각자의 방식으로 각자의 빛 가운데 우뚝 설 수 있는 것이다.

기회

인생길에서 3번의 기회가 온다는 말이 있다. 3번 이상인지, 그 이하인지는 가늠할 수 없지만 그만큼 절절히 희소하고 중요하다는 의미다. 다만 그것이 성공으로 작동할지 말지는 전적으로 자신의 선택과 노력에 여하에 달렸다. 기회, 선택, 노력이 한 세트가 성공이란 것은 그래서 모두의 것이면서 모두의 것이 아닐 수도 있다.

인연

불교에서는 옷깃만 스쳐도 인연이라고 한다. 전생에 엄청난 만남이 있어야 옷깃 같은 인연도 가능하다는 것이다. 좋은 물건, 아름다운 꽃도 자주 보면 식상해지듯 좋은 사람도 자주 만나면 좋은 느낌은 점점 작아지고 단점들이 크게 보이는 경우가 있다. 그러면 그 사람이 변한 것일까? 어쩌면 그를 바라보는 나의 마음이 변한 것은 아닐까? 인연은 공기처럼 매 순간 소중하다. 처음 가졌던 소중한 마음으로 매일 마주하는 각 인연을 고맙게 바라보자.

래리 킹(1933~)은 미국 토크쇼의 제왕으로 불린다. 그는 1950년대 ABC 방송국 잡역부로 들어가 우연한 기회에 능력을 인정받아 플로리다 지역의 저널리스트, 인터뷰어의 길을 걷게 됐다. 지난 50여 년 동안 그는 5만 명 이상을 인터뷰했다. CNN 방송에서 1985

년부터 2010년까지 25년 동안 그가 이끌었던 프로그램은 그의 이름을 딴 『래리 킹 라이브』였다.

그는 버락 오바마, 빌 게이츠, 넬슨 만델라, 빌 클린턴, 조지 부시, 마이클 조던 등 수많은 각계 유명 인사들을 인터뷰했다. 속된 말로 그는 신(神)을 제하고 모든 부류의 사람을 인터뷰했다. 전 세계로 전파를 탔던 그의 토크쇼는 늘 시청률이 높았다. CNN에서 하차할 무렵 푸틴 러시아 대통령은 그때 직접 전화를 걸어 그의 은퇴를 만류하기까지 했다. 래리 킹은 대화(對話)의 제1 규칙으로 '경청'을 들면서 "훌륭한 화자(話者)가 되기 위해서는 먼저 훌륭한 청자(聽者)가 되어야 한다. 상대의 말을 주의 깊게 들으면 내가 말할 차례가 됐을 때 더 잘 응대할 수 있고, 말을 더 잘할 수 있다. 상대방이 한 말에 대하여 적절하게 응대할 수 있는 능력은 곧 뛰어난 대담자(對談者)들의 기본 태도이다."라고 말했다. 세상에서 가장 말 못하는 사람은 말을 정말 못하는 사람이 아니라 자기 말만 하는 사람, 말을 독점하는 사람이다.

대화란 '서로 마주하여 이야기를 주고받음'을 말하기에 상대를 전제한다는 뜻이다. 대화든, 일이든 모든 성공적 관계의 우선은 역시 상대에 대한 존중에서 출발하는 게 분명하다.

데이비드 시버리의 책 『기회를 잡는 사람 기회를 놓치는 사람』에는 보험왕 '더비'의 얘기가 나온다. 미국 서부 개척 시대, 더비는 금맥을 찾아 나섰다. 끝없이 파고들어 갔지만 금맥은 발견되지 않아 결국은 포기했다. 그러나 금맥은 바로 1m 앞에 있었다. 그 후 보험 판매를 직업으로 삼았다. 하루는 농장주인 숙부를 도와 일을 하고 있는데, 한 소작인의 딸이 찾아왔다. 하여간 50센트의 돈을 받기 위한 어머니의 심부름이었다. 숙부는 다음에 오라고 말했지만, 소녀는 그 자리에 그대로 서있었다. 한참이 지났고 여전히 그 소녀는 그대로 서있었다. 숙부는 화가 치밀었고 돌아가라고 했는데 왜 돌아가지 않느냐고 물었다. 공손한 태도이긴 했지만 소녀는 50센트를 꼭 받아야 하기 때문이라며 꼼짝하지 않고 그 자리를 지켰고, 마침내 숙부는 주머니에서 50센트를 꺼내는 것을 보았다. 보험판매원을 하면서 더비는 많이 힘들었다. 더 이상은 못하겠다고 포기하고 싶은 상황이 자주 왔다. 그럴 때마다 더비는 금맥이 1m 앞에 있던 것을 모르고 포기했던 일, 단돈 50센트를 받기 위해 꼼짝 않고 자기 자리를 지켰던 소녀가 떠올랐다. 다시 한 번 마음을 다잡을 수 있는 교훈이 되어 훗날 더비는 최고의 보험왕이 됐다.

뜻한 바를 이룬 사람들 대부분은 열정을 따라 전진한다. 그들은 타고난 재능보다 포기하지 않는 열정을 더 중요시한다. 이루고 싶은 것이 있다면 포기하지 말자. 늦으면 어때, 더디면 어떠랴? 그만큼 더 깊이 숙성돼 결국 더 큰 열매를 맺을 것이다.

『Door to door』란 영화는 미국의 전설적인 영업왕 빌 포터를 그린 실화 영화(2002년)이다. 1932년생인 그가 영업했던 시절 50~70년대에 한국 돈으로 1년에 1억을 넘게 팔았다고 한다. 당시 1억이면 지금 돈 가치로 생각해본다면 어마어마한 기록이다. 2019년 현재에도 그 기록은 깨지지 않고 있다고 한다.

그의 실적도 놀랍지만, 더 놀라운 것은 그가 걷고 말하는 것도 불편하고 한 손을 전혀 쓸 수 없는 뇌성마비 환자였다는 것이다. 그가 태어날 때 의사의 실수로 뇌를 다쳐 중증 뇌성마비가 생겼지만, 일반인처럼 살길 바랐던 어머니의 노력으로 일반 학교를 졸업했다. 일반인과 같은 직업을 가지길 원했지만, 세상은 몸이 불편한 그를 받아주질 않았다. 화장품과 생활용품을 방문 판매하던 왓킨스 회사의 경우도 무거운 샘플 가방을 들고 다니기 불편하다는 이유로 그의 입사를 거부했지만, 가장 어려운 지역을 보내서 자신을 시험해봐 달라고 사정사정해서 입사한다.

포클랜드는 가는데만 세 시간이 넘는 지역이었고, 당시 미국의 경제 상황이 좋지 못했던 50년대라서 물건 팔기가 세상에서 가장 어려운 지역이라고 악평이 자자했던 곳이다. 빌 포터의 어머니는 그의 도시락에 인내라는 단어를 쓸 정도로 인내하고 감내하다 보면 길이 보일 거란 조언을 해주었다. 그는 주민들의 동정, 경멸의 시선에도 아랑곳하지 않고 초인종을 눌렀다. 그는 하루에 15Km를 무거운 가방을 들고 돌고 돌면서 문을 두드렸다. 4개월이 지나도 비누 하나를 팔지 못했다. 사람들은 동정심에 동전을 던지기 일쑤였다.

회사에서는 그의 퇴사를 권했지만, 자기 목숨을 걸고 부딪쳤고, 어머니의 치매로 힘든 시기에도 구두끈은 거리의 구두닦이에게,

옷과 넥타이는 호텔의 도어맨에게 부탁해서 출근을 했고, 심지어 어머니의 장례식을 마치고 오후에 출근해서 계속 걸었다. 그의 성실함과 인내에 사람들도 하나둘씩 물건을 구입하는 장면에선 눈물이 난다. 어떤 이는 동정심에 판매왕이 된 것 아니냐고 생각할 수도 있지만, 그는 고객의 니즈에 맞춰 항상 제품을 공부하고 어느 집에 뭐가 떨어질 때가 되고 필요한지를 늘 꼼꼼히 챙기면서 신뢰를 쌓아나갔다. 그렇게 그의 고정 단골만 5백 명이 넘었다고 하고, 워낙 유명한 사람이라 영화, 드라마, 책으로 영업 관련하는 사람들에겐 필수 교과서 같은 사람이다. 나는 힘들 때나 어려울 때마다 빌 포터를 떠올리며 용기를 낸다.

청각장애인 ㅇ혜령 씨는 스무 살 때 웹디자이너 일을 시작했다. 사람을 대면하지 않아도 된다는 점이 좋아 그 일을 택했는데, 5년 후 남은 것은 짙은 외로움뿐이었다. 사람들과 부딪히는 일을 해보고 싶다는 생각에 바리스타가 됐지만 사람을 상대하는 일은 쉽지 않았다. 하루는 일을 하다가 컵을 깨트렸다. 사람들은 깜짝 놀랐지만 들을 수 없던 그녀는 그냥 담담하게 깨진 컵만 치울 뿐 사람들은 안중에 없었다. 엄마는 그 일로 깜짝 놀랐을 주위 사람들을 생각해보라며 "미안한 마음을 갖고 상대를 배려해야 한다."라고 말했다. 그녀는 다른 사람들에게도 그 일을 얘기해보았는데 두 가지 반응이었다. 한쪽은 엄마와 같은 생각이었고, 또 다른 한쪽은 그게 무슨 문제냐는 식이었다. 그녀는 자신의 공감 문제가 청각 장애 때문이라고 여겼는데 그게 아니고 보통 사람들도 가질 수 있는 마음에 관한 문제임을 깨달았다.

그 후 그녀는 학원에 다니며 바리스타 공부를 더 체계적으로 했다. 가령 커피 볶을 때 들리는 소리, 우유를 데울 때 들리는 소리를 못 듣는 대신 그것을 눈으로 확인하고 진동으로 느끼는 방법 등 자신이 터득한 비법을 자세히 기록했다. 그녀는 강사가 됐고, 많은 청각장애인에게 자신이 정리한 자료와 공부를 아낌없이 전수해 세상과 소통하는 바리스타가 되게 했다. 물론 일반 수강생이 더 많고, 혜령 씨 곁에는 좋은 사람이 많다. 그녀의 발음과 목소리 톤을 항상 교정해주려 애쓰는 엄마, 수화를 배워 그녀와 좀 더 소통하고 싶어 하는 사장님, 그녀가 뒤돌아볼 때까지 기다려주는 손님들…. 서로의 마음을 잇고 헤아리는 공감, 그것의 시작은 역시 따뜻한 배려, 따뜻한 감정일 것이다.

이번에는 시각장애인 얘기다. 시각장애인 엔리케 올리우, 그는 메이저리그 야구팀 '템파베이 레이스'의 라디오 방송 전속 스페인어 야구 해설사다. 라디오만 듣고서는 아무도 그를 시각장애인으로 여길 수 없다. '야구 백과사전'이라 불리는 그는 현장에서 직접 경기를 관람하는 것 같은 생생한 해설을 전하는 것으로 유명하다. 그는 경기를 펼치는 선수의 현재 상황뿐만 아니라 과거 경기 실적, 통계, 에피소드 등을 촘촘하게 곁들여 하나의 작품을 만들어낸다.

10살 때 시청각장애학교에 다닌 엔리케는 스포츠에 관심이 많았다. 대학에 가서는 커뮤니케이션을 전공했고, 졸업 후 라디오 방송국에 취업하기 위해 줄곧 노력했지만 취업의 문은 좀처럼 열리지 않았다. 그래도 때를 기다리며 무보수로 자주 방송국 일을 거들었다. 그러다가 1989년 몬트리올 엑스포스의 마이너리그팀 잭슨빌에서 야구 해설을 하게 됐다. 탁월한 해설과 끊임없이 노력하는 성실함을 인정받아 템파베이 레이스 구단이 창단될 때 마침내 정식 라디오 해설자가 됐다. 경기가 있는 날이면 엔리케는 미리 선수와 코칭단, 관련 기자들을 만나 자료를 수집하고 인터뷰를 했다. 그는 이 모든 것을 기억했다가 적재적소에 활용했다.

어릴 적 그의 아버지는 이렇게 말했다. "네가 인생을 살면서 네 스스로의 음악을 연주할 것인지, 아니면 그저 남의 음악을 연주할 것인지는 너 스스로 결정해야 한다." 적극적인 자기 노력이 없으면 자기 인생을 살기 어렵다. 잘하든, 못하든 스스로 노력할 때 스스로의 결과물이 쌓인다. 인생은 어느 누구도 대신할 수 없는 자신의 것이다.

아베베 비킬라(1932~1973)를 아직도 기억하는 사람이 있을 것이다. 에티오피아 제국의 하일레 셀라시에 1세 황제의 근위병이었던 그의 주특기는 육상이었다. 1960년 로마올림픽 때 그는 마라톤에 출전하여 세계신기록을 기록한 그는 42.195Km를 신발 없이 달렸다. 아프리카 흑인 최초로 금메달을 딴 그는 그때부터 '맨발의 기관차'로 불렸다. 4년 후 도쿄 올림픽에서는 자신의 세계기록을 경신

했다. 주최 측은 아베베가 금메달을 받을 때 에티오피아 국가(國歌)를 틀어주지 못했다. 대회 6주 전 맹장 제거수술을 받았고, 훈련도 그만큼 짧았기 때문에 메달을 딴다는 건 예상치 못한 일이었다.

1968년 그는 멕시코시티 올림픽에도 도전했지만, 중도 하차하고 말았다. 멕시코의 높은 고도를 감당하기엔 나이가 너무 많았다. 설상가상으로 이듬해 교통사고를 당했다. 척추가 손상됐고 하반신이 마비됐다. 보통 사람이라면 여기가 마지막 지점일 것이다. 하지만 그는 절망하지 않았다. 양궁, 탁구 등에 도전했고, 1970년 노르웨이 25Km 휠체어 눈썰매 크로스컨트리 대회에서 금메달을 획득했다. 1973년 세상을 떠났던 아베베는 "내 다리는 더는 달릴 수 없지만, 나에겐 두 팔이 있다."라고 했다.

저마다의 삶에는 각자의 마라톤이 있다. 누구나 처음 가보는 낯선 길, 거기에 갖은 사연과 눈물은 또 얼마나 시린 것인가? 그래도 포기하지는 말자. 어느 지점에 있든 인생은 완주가 목표다. 아베베는 짧은 생애 속에 긴 여운을 남겼다.

제11장
식사 얘기

식사는 아주 중요하다

우리는 건강하기 위해서는 운동도 중요하지만, 무엇보다 식사를 잘해야 한다. 사람들은 자기 나름대로 자기 입맛에 맞는 식당을 기억했다가 찾아가기도 하는데, 이사를 가도 꼭 생각이 나면 먼 거리라도 차를 타고 가서 들려보는 게 추억이고 향수다.

우리 주변에는 하던 일을 집어치우고 창업하기 비교적 쉬운 업종으로 식당을 생각하게 된다. 그런데 전업을 꿈꾸며 쉬운 음식점을 야심 차게 창업했다가 1년도 못 버티고 문을 닫는 곳이 많은데, 음식점은 폐업률이 으뜸인 업종으로 꼽힌다. 노포(老鋪)도 개발로 밀려나거나 대중의 입맛 변화로 고전하곤 한다.

하지만 변화의 파도가 높은 서울에서 3대(代)째 손맛을 이어가는 식당들이 있다. 그래서 재미있게 우리 추억의 기록에 남을 음식점을 소개한다면, 남대문 은호식당의 꼬리곰탕 '세월'이라는 양념이 더해져 감칠맛이 나고, 4대에 걸쳐 87년 동안 전통 방식 그대로 꼬리곰탕을 끓여낸다. 중구 다동의 용금옥은 87년째 서울식 추어탕의 명맥을 이어오고 있다. 중구 을지로 안동장의 굴과 배추를 듬뿍 넣은 굴짬뽕도 대를 잇고 있다. 평양냉면은 반드시 지켜내야 할 음식이다. 우래옥도 중구 창경궁로 평양냉면 전문점으로 1969년에 상표 등록을 했다. 남포면옥, 을지면옥 등 전국의 많은 냉면집이 대를 이으며 계보를 지켜나가는 중이다. 강동구 암사동 동신명가의 냉면 한 그릇엔 사연이 많다. 서초동 3대 삼계장인은 보양식 하나로 3대를 이어온 곳이다.

우리나라에서는 30년 이상이면 노포(老鋪) 소리를 듣지만, 일본에선 최소 3대 이상 대물림한 곳이라야 노포다. 한국에선 노포로 살아남기가 쉽지 않다는 얘기다. 2013년부터 서울시가 지정해온 '서울 미래유산'에는 보존 가치가 있는 노포 맛집 50곳 정도가 포함돼있다. 청진옥, 우래옥, 마포옥, 문화옥을 비롯해 3대 이상 맛을 이어온 유명 식당도 많지만, 곰탕, 설렁탕, 냉면 등이 아닌 특별한 메뉴로 성패를 걸어온 노포도 적지 않다. 서대문구 미근동 서대문 원조통술집은 1961년 문 열어 현재까지 같은 자리에서 운영하는 전문 고깃집으로, 2대째 성업 중이고 대표 메뉴는 양념돼지갈비이다. 3대째 잇는 떡볶이는 중구 신당동 '신당동떡볶이타운'에 가면 맛볼 수 있다. 마복림떡볶이, 삼대할먼네떡볶이로 단골의 발길이 밤낮으로 이어진다.

한국 음식은 정갈하고, 중국 음식은 느끼하다. 일본 음식은 싱겁고 달지만, 한국 음식은 매운맛도 짠맛도 있어서 혀의 촉감을 호강시킨다. 먹는 것만이 아니라 그 이상의 의미를 갖는다.

계절과 관계없이 발병률이 높아지는 식중독은 구토, 설사 등의 소화기 증상과 신경마비, 근육 경련, 의식장애와 같은 전신 증상을 일으킨다. 식중독은 식품 섭취에 의해 발병할 확률이 높기에 식재료들이 온도 관리 없이 외부에서 방치되지 않도록 보관과 부패 변질에 주의해야 한다. 육류나 어패류 등에 사용한 칼, 도마와 교차 오염이 발생하지 않도록 구분해 사용하고, 별도의 칼, 도마가 없으면 과일 및 채소류에 먼저 사용한다. 야유회 등을 갈 때는 이동 중 준비해간 김밥, 도시락 등의 보관 온도가 높아지거나 보관 시간이 길어지지 않도록 아이스박스를 사용하는 등 음식물 섭취 및 관리를 철저히 한다.

식중독 예방 3대 요령

1. 손 씻기_ 30초 이상 세정제를 사용해 손가락, 손등까지 깨끗이 씻고 흐르는 물로 헹군다.
2. 익혀 먹기_ 음식물은 속까지 충분히 익혀 먹는다.
3. 끓여 먹기_ 물은 끓여서 마신다.

콩나물을 많이 먹자

　손은 제2의 뇌다. 손을 움직여야 뇌가 움직인다. 그래서 치매 예방이 된다. 손을 많이 움직여라. 한 손은 주먹, 한 손은 보를 번갈아 하고 이 동작은 쉽다면 한 손 손가락은 펴고 다른 한 손의 손가락은 오므린다. 처음엔 어려워도 자꾸 하면 쉽다. 이 동작을 익히기에 아코디언이 딱이다.

　평소에 콩나물을 자주 먹자! 치매는 혈액이 산성이 되고 몸속에 산성 독소가 쌓여서 생기는 것인데, 콩나물은 약알칼리성 식품이므로 산성 독성 물질을 몸 밖으로 내보내어 치매를 치료한다. 가벼운 치매는 콩나물국을 자주, 부지런히 먹어도 잘 낫는다. 콩나물은 아무리 많이 먹어도 독이 있거나 부작용이 없다. 콩나물은 장을 튼튼하게 하고 바르게 하는 작용이 있다. 콩나물은 뿌리 부분에 해독제 성분이 제일 많이 들어있다.

우리의 풍속과 장날

TV를 떠나 유튜브와 살게 된 세상, 유튜브는 이제 중요한 사회의 커뮤니케이션 시스템으로 작동한다. 손쉬운 참여, 공유, 활용, 비판과 같은 상호작용을 통해 개인, 집단, 조직, 공동체, 사회의 상호의존성을 공감하고 공동체로 묶는 역할을 한다. 정보와 오락 기능은 물론이고 정치, 경제, 문화 부문에서도 새로운 변화를 견인하고 있다.

유튜브에서 인기를 얻고 화제가 되면 세계인에게도 매력적인 현상이 될 수 있다. 유튜브는 재미와 즐거움을 넘어 뉴스와 시사 정보를 이용하는 채널로도 부상했다. '이웃과 세계로 향해 열린 소통의 창'으로서의 역할은 유튜브의 피할 수 없는 몫이 된 것이다. 유튜브가 일으킬 흥미진진할 현상에 대한 기대와 역기능에 대한 우려가 교차되는 작금이다. 나도 얼마 전부터 유튜브를 시작하여 현재 구독자가 350명명가량 되는데, 내 이름 장두식을 치면 매일 올리는 영상을 볼 수 있다.

딴 얘기로 점점 없어져 가는 우리 민속의 얘기도 자꾸 얘기하고 알려고 노력하면 뇌 향상에 도움을 주기에 다소 딱딱한 내용도 한 번 읽고 가는 것이 좋을 것이다. 한민족의 전통 명절인 정월 대보

름은 설날 이후 처음 맞는 보름날로, 상원 또는 오기일(烏忌日)이라
고도 한다. 예로부터 설날에서 시작해 대보름까지 15일 동안은 빚
독촉도 하지 않는다는 말이 있을 정도로 큰 축제의 기간이었다.

정월 대보름에는 한 해의 운수를 점치는 풍속(토정비결)과 다양한
행사가 진행되었는데, 이때 행해졌던 각종 전통 놀이와 음식들은
오늘날까지 이어지고 있다. 부럼 깨기는 정월 대보름날 아침에 일
찍 일어나서 딱딱한 건과를 깨물어 먹는 풍속인데, 자기 나이 숫
자만큼 부럼을 깨물면 한 해 동안 부스럼이 나지 않는다고 하였다.
또한, 데우지 않은 청주 한 잔을 마시면 눈이 밝아지고 귓병이 생
기지 않는다고 했다. 한 해 동안 좋은 소식을 듣는다는 귀밝이술
을 마시는 풍속도 있었다. 부럼 깨기와 귀밝이술은 겨우내 움츠러
든 오장(五臟)에 영양소를 공급하고 혈액순환이 잘 되게 하여 건강
하게 지낼 수 있도록 한 조상님의 지혜가 엿보이는 풍습이다.

초저녁에 보름달이 환하게 떠오르면 달집태우기와 쥐불놀이를
하며 풍년을 기원했다. 쥐불놀이는 논두렁과 밭두렁에 불을 질러
마른 풀을 태우는 놀이이고, 풀을 태우면 풀 속에 있는 해충이 사
라지고 불에 탄 재가 곡식의 거름이 되기 때문에 한 해의 농사가
잘되도록 준비하는 지혜가 담겨있다. 달집태우기는 나무나 짚에 불
을 지르는 행사이다. 달은 풍요를 뜻하며, 불은 액운이나 안 좋은
것을 태워버리는 정화의 상징이기 때문에 대보름날 달집태우기에는
질병도, 근심도 없는 넉넉하고 풍요로운 새해를 맞이하기를 염원하
는 마음이 담겨있다.

정월 대보름에 즐겨 먹는 음식에는 오곡밥과 나물이 있다. 다섯 가지 곡식을 넣어 오행의 기운이 골고루 담겨있는 오곡밥은 오장육부의 균형을 이루게 해준다. 그리고 봄, 여름, 가을에 나오는 다양한 나물을 삶아 말려두었다가 묵혀 먹는 나물은 신선한 채소가 귀한 겨울철에 각종 영양소를 공급해주었다.

이렇듯 정월 대보름의 풍속에는 조상님들의 지혜와 풍성한 새해를 맞이하는 한민족의 고유한 문화유산이 담겨있고, 지금까지 이어져 내려오고 있다.

우리가 체력을 보강하고 힘차게 살려면 음식을 잘 먹어야 한다. 그러기 위해서는 전통시장을 찾으면 먹거리와 볼거리도 같이 즐길 수 있다. 우리 어렸을 때의 추억으로 시장을 떠올려본다. 이렇게 옛날을 회상하려는 노력도 치매 예방의 한 방법이 될 수 있다. 그래서 나쁘고 어두운 기억보다는 좋은 이미지의 기억을 되살리면 더 좋다.

전통시장은 서민의 삶을 보여주는 바로미터이자 문화 집산지다. "장날이 되면 마을 사람들은 장으로 가고, 도둑은 마을로 간다."라는 말이 있다. 마을 사람 모두 장에 가느라 마을이 텅텅 빈다는 뜻이다. 곡식을 이고 가는 아낙네, 곱게 화장하고 콧바람 쐬러 가는 처녀, 막걸리 한잔 걸치러 선술집에 가는 남정네…. 장날이 되면 온 마을 사람이 10리, 20리 길을 걸어 읍내 장터로 가곤 했다. 필요한 물건을 사고, 신기한 구경도 하고, 친지나 지인을 만나 세상 돌아가는 이야기도 나누었기에 이웃의 대소 경사나 집안 이야기가 장에서 오갔다. 또 사회는 물론 경제, 정치, 문화 등 각 분야의 정보 교류가 장을 통해 이루어지고, 그곳에서 퍼져나갔다. 지금으로 치면 지역 커뮤니티의 중심지이자, 지역 경제의 중심지였던 셈이다. 삼국시대의 시장은 쌀, 소금, 베 같은 생활필수품뿐 아니라 농토와 집, 노비를 거래할 만큼 규모가 컸다.

고려 시대에 이르러서는 대외무역까지 이뤄져 일상생활용품 외에도 기호품, 장신구, 문구류 등 중국에서 들여온 수입품이 활발히 거래되었으며, 소매점이나 음식점, 술집 등도 보편화됐다.

조선 시대로 접어들면서 향시(鄕市)가 발달했다. 향시는 처음에는 6~7일 간격으로 서는 정기시가 많았으나, 이후 점차 5일 간격으로 줄어 왕복 거리인 30~40리마다 교통 요충지에 장이 들어섰다. 또한, 보부상이라는 행상이 있어 농산물, 수공업품, 수산물, 약재 등을 들고 다니며 유통했다. 이러한 전통적 시장 체계는 개항과 일제강점기를 통해 근대화되면서 크게 바뀌었다. 일제강점기인 1914년 총독부에서 시장 규칙을 제정해 기존 시장을 1호, 2호, 3호 세 가지로 분류하고 시, 읍, 면의 허가를 받도록 했다. 이것이 근대화를 거쳐 오늘날 전통시장의 기초가 된 셈이다.

그럼 경기도에서 가장 유명했던, 지금도 유명한 전통시장은 어디일까? 조선 3대 시장(대구, 전주, 안성) 중 한 곳이던 안성장(안성시장)과 200여 년의 역사와 함께 규모 또한 제일 큰 양평장(양평물맑은시장)이 아닐까 싶다. 연암 박지원의 소설 「허생전」에서 허생이 과일을 매점매석해 큰돈을 번 곳이 바로 안성장이다. "안성장은 서울 장보다 두세 가지가 더 난다."라는 말이 있을 정도로 다양한 품목이 거래 되었다. 『영조실록』에는 안성장의 규모가 서울의 아현시장이나 칠패시장보다 커서 물화가 모이고, 도적 떼도 모여든다는 기록이 있다. 양평물맑은시장은 3과 8로 끝나는 날이 장날이다. 조선시대 갈산장에서 기원한 양평장은 200년 이상의 역사를 지닌 오래된 시장으로, 양평의 특산물 더덕, 버섯, 두릅, 양평 한과, 고로쇠수액, 산수유 열매, 잣은 물론이고 머루, 다래, 으름 등 저렴하면서도 질 좋고 신선한 나물과 약초가 시장을 찾는 손님들의 오감을 자극한다.

정겨움과 질펀함으로 범벅된 장터에서 진짜 사람 냄새를 느끼고, 삶의 생동감도 느껴보자. 상인과 옥신각신 실랑이하며 얻어낸 덤은 인심 가득한 정이다.

제12장
부모의
얘기

신세대들의 아빠

우리는 손주들과 함께할 시간은 예전보다 많지 않지만, 요즘 신세대의 흐름을 알고 이해해야 바뀌는 시대에 적응해나갈 수 있다. 요즘 적극적인 신세대 아빠를 '라테파파'라고 한다. 한 손으로는 유모차를 밀고, 다른 손에는 커피를 쥔 아빠를 뜻하는 용어로, 1974년 남녀 공동 육아 문화가 정착된 스웨덴에서 세계 최초로 아빠의 육아휴직 제도를 도입해, 현재는 거의 모든 아빠가 육아휴직을 한다.

육아는 아빠로서 당연히 짊어져야 할 책임이자 부부가 함께하는 일이다. 과거에는 아이를 낳고 돌보는 것은 여성에게 일임했지만 여성의 사회 진출 증대와 성평등 등 사회 분위기의 변화로 아빠는 밖에서 일하고, 엄마는 가정을 책임진다는 무언의 틀이 깨졌다. 자녀를 많이 낳던 과거와 달리 하나만 낳는 것도 신중한 요즘 젊은 부부의 육아 방식 또한 과거와 현저히 다르다.

육아에 대한 인식 변화와 워라밸 문화 확산 등으로 라테파파가 늘어감에 따라 남성의 육아휴직 사용이 증가한 것으로 보인다. 이에 따라 직장 내 퇴근과 조직 문화도 달라지고 있다. 육아와 출산 장려 정책의 일환으로 고용노동부에서는 아빠의 육아휴직 보너스 제도를 지원하고, 기업은 자체 프로그램을 개발하는 등 육아휴직을 장려하는 분위기를 선도하고 있다.

또한, 라테파파를 겨냥한 다양한 육아 아이템, 아빠와 아이를 위한 교육 프로그램 등이 증가하면서 관련 시장도 커지고 있다. 요즘 젊은 아빠는 회사 생활과 육아를 병행하고 있다. 출근 전, 회사 근처 직장어린이집에 아이를 등원시키는 것으로 하루를 시작한다. 어린이집 앞에서 아이와 짧은 시간을 보낸 뒤에야 회사로 향한다. 회사에서도 틈틈이 어린이집 선생님이 보내주는 아이 사진과 일과를 확인한다. 6시쯤 퇴근 시간이 되면 곧바로 어린이집으로 향해 아이 하원을 맡는다. 간혹 야근하는 날이면 회사 근처에서 가족과 저녁 식사를 하고, 엄마에게 아이를 인계한 후에야 사무실로 들어온다.

많은 이가 슈퍼 대디를 꿈꾸지만, 현실의 육아는 그렇게 낭만적이지 않다. 그래도 포기하지 않으면 좋겠다. 아이들이 자라는 순간은 아주 짧기에 그 소중한 시간을 놓치지 말자.

사랑과 배려

사랑과 신뢰, 존중과 배려의 관계가 살아있는 가족 만들기

나는 손자가 있지만 어린아이에게도 관심이 많다. 그리고 현재 중학교에서 계절학기로 하모니카를 가르치고 있는데, 우리가 어렸을 때의 학습 분위기와는 아주 딴판이다. 아이들은 산만하고, 선생님을 어려워하지 않는다. 학습 집중력이 우리가 어렸을 때 경험한 것과는 많이 다르다. 그래서 내가 알고 있는 것 중 도움이 될 수 있는 것들을 적어본다.

'사랑과 신뢰, 존중과 배려' 이것이 우리 가정에서 부모와 자녀 관계의 핵심 가치로 살아있어야 한다. 부모는 자녀를 사랑하고 배려하며, 자녀는 부모를 존중하고 신뢰하는 좋은 관계가 바로 가족이다. 부모의 영향력이 자녀에게 머무르려면 가정에 이 네 가지 핵심 가치가 살아 움직여야 한다. 요즘 부모들이 자녀 키우기 힘들다고 말하고, 학교 선생님들도 교육하기 힘들다고 한다. 가정에서 부모를 존중하지 않는 아이가 어떻게 교실에서 선생님을 존중하고 순종하겠는가? 아이들이 교실에는 앉아 있지만, 선생님의 영향력 밖에서 살고 있다. 교실에서 선생님을 바라보며 집중해 듣는 아이를 찾아보기 힘들다. 선생님의 말씀을 집중해 듣는다는 것은 선생님의 모든 좋은 것이 학생에게로 흘러간다는 의미이다. 수도관에서는 물이 흐르고, 송유관에서는 석유가 흐르는 것처럼 어른 세대의 좋은 것들은 자녀 세대와의 좋은 관계라는 통로를 통해 흘러간다. 이것을 관계의 법칙이라고 한다. 관계의 법칙을 다르게 표현하면 '사람의 마음을 끌어오는 능력'이다.

요즘 교실에서 이 능력을 가진 아이들을 찾아보기 힘들다. 다른 사람의 마음을 끌어오는 능력은 가정에서 부모와 자녀의 좋은 관계 속에서 맺어지는데, 부모의 자리를 TV, 컴퓨터, 스마트폰이 차지하면서 부모와의 관계가 깨졌기 때문이다. 많은 아이가 교실에서 영어나 수학은 잘하지만, 정작 선생님의 마음을 상하게 한다. 그런데도 부모들은 자녀의 공부에만 목숨을 건다. '내가 너와 원수가 되는 한이 있어도 영어는 반드시 잘하게 만들겠다'는 식의 결기를 가지고 자녀와 싸우는 부모가 너무 많다. 미국에서는 '거지도 하는 것이 영어'이다. 성공은 그런 것에서 오지 않는다.

태어나서 처음 만나는 권위적 관계인 부모, 그다음 단계에서 만나는 선생님을 존중하고 신뢰하는 아이들이 결국 성공한다. 부모는 가정에서 자녀와 좋은 관계를 맺는 일에만 집중해야 한다. '사랑과 신뢰, 존중과 배려'의 좋은 관계를 만드는 것이 자녀를 성공으로 이끄는 가장 중요한 DNA이다. 따라서 텔레비전과 스마트폰이 방해가 된다면 당연히 제거해야 한다. 가능하면 거실에서 텔레비전을 치우기를 권한다. 아이들이 잠들 때까지는 부모 소리 이외에 어떤 소리도 아이들을 사로잡지 못하게 하라. 그러면 부모의 음성을 듣고 부모를 존중하는 아이로 자랄 것이다.

뽀로로에 빠져있는 아이는 부모의 말을 듣지 않는다. 아이가 거실에서 텔레비전으로 뽀로로를 볼 때, 부모는 특별한 문제의식을 갖지 않는다. 오히려 집중하고 있다고 기특하게 생각하며 칭찬하기도 한다. 그러나 식사 시간이 되어 밥을 차려놓고 엄마가 아이를 불러보자. "이제 TV 끄고 와서 밥 먹자." 아이는 "네!" 하고 벌떡 일어나 달려오지 않는다. 엄마의 말을 들은 척도 하지 않는다. 부모는 아이가 단지 '뽀로로를 보고 있다'고 생각하지만, 아이는 부모의 음성을 무시하고 흘려듣는다. 몇 번 불러도 반응이 없으면 엄마는 아이에게 다가가 리모컨으로 TV를 끄고 부드러운 음성으로 말한다.

"오늘은 TV를 많이 봤으니까 이제 밥 먹자! 내일 또 보여줄게."

그러면 아이는 순순히 말을 듣지 않고 소리를 지르며 뒤집힌다. 부모의 음성을 무시하고 거역하는 것은 텔레비전의 영향력에 사로잡혀 부모 말의 영향력이 아이에게 미치지 않기 때문이다.

아이는 컴퓨터 앞에 앉아 게임을 하고 있는데 엄마가 심부름시킬 일이 생겨 아이를 부른다. 아이는 하던 게임을 멈추고 엄마에게 달려나와 "엄마, 저 부르셨어요?" 하고 말할까? 안타깝게도 이런 일은 일어나지 않는다. 대부분의 아이는 들은 척도 안 하고 게임만 한다. 스마트폰을 손에 들고 거실에서 게임을 하고 있는 자녀에게 무엇을 시켜보라. 대답은 "응, 응." 하지만, 엉덩이는 떼지 않는다. 그럼 엄마는 똑같은 말을 다섯 번, 여섯 번 반복한다. 다섯 번째 말할 때도 첫 번째 말할 때처럼 평정심을 가지고 부드러운 음성으로 말하는 것은 어렵다. 엄마 입에서 온갖 악한 말이 아이에게 쏟아져나온다.

　이러한 일상이 가정에서 빈번히, 일상적으로 벌어지고 있다. 초등학생들이 교실에서 그림으로 표현하는 엄마의 이미지는 충격적이다. 한 친구는 무서운 이야기라는 제목의 그림을 그렸는데, 내용은 '컴퓨터 하고 있는데, 거울 반대편에 엄마의 모습이 보였다'이다. 요즘 초등학생에게 엄마가 나타나는 것은 반가운 일이 아니다. 한 친구는 게임을 하다가 엄마에게 야단맞는 그림을 그렸는데, 엄마의 형상을 바퀴벌레로 표현하고, 엄마를 사나운 조폭으로 그린 아이도 있고, 심지어 엄마 목을 칼로 참수하는 그림을 그린 아이도 있다. 게임의 난폭한 장면에 젖어있어 아이는 엄마에 대한 분노와 적개심이 아이들의 마음 안에 자리 잡아가고 있다.

탈무드

우리는 『탈무드』, 『탈무드』 하지만 『탈무드』에 대해서 얼마나 알고 있을까? 우리나라는 세계열강들에 둘러싸여 제 목소리를 제대로 못 내고 눈치만 보는 격이라 너무 안타깝다. 하지만 이스라엘도 마찬가지로 중동국가들과 가깝게 있지만, 강국들이 얕보지 못한다. 우리와는 현실적으로 너무 다르기에 이스라엘의 성전이라는 『탈무드』에 대해서 공부할 필요가 있다.

일단 이스라엘의 젊은이들은 우리와 같이 군에 다 간다. 남성은 3년 복무, 여성도 2년 동안 의무적으로 복무하는 형태다. 방대한 내용과 심오한 뜻을 담고 있다 하여 유대인들은 『탈무드』를 '지혜의 바다'라고 부른다. 『탈무드』에는 종교적인 문제뿐만 아니라 인간생활의 모든 분야에서 생기는 내용을 포함하고 있다. '유대인의 얼이 담긴 유대인의 문화유산'이라기보다는 '인류의 문화유산'이라고 하는 표현이 더 적절할 것이다. 서기 500년에 바빌로니아에서 처음으로 편찬되기 시작하여 손으로 직접 쓴 필사본으로 전해져 내려오다가 최초로 인쇄된 것은 1520년의 일이었다. 이후 오랜 세월 동안 『탈무드』는 많은 수난을 겪었다. 기독교인들에 의해 압수되거나 불태워지고, 검열을 거치면서 중요한 부분이 삭제되기도 했다. 그래서 오늘날까지 남아있는 내용은 원형대로 보존된 것으로 완전한 것이 아니다.

　본래 『탈무드』라는 말은 '위대한 연구', '위대한 학문' 또는 '위대한 고전 연구'라는 뜻을 담고 있다. 그렇다면 『탈무드』는 과연 무엇일까? 이를 한마디로 정의하기는 무리가 따르지만, 쉽게 말하면 '유대 민족이 살아온 5,000년의 지혜이자 지식의 샘물'이라고 할 수 있다. 자신들의 조국이 없이 2,000년에 걸친 오랜 방랑의 역사를 살아온 유대인들을 결속시킨 유일한 존재가 바로 『탈무드』였기 때문에 그들 스스로는 이 책을 '유대인의 영혼'이라고 말하기도 한다. 『탈무드』의 본줄기는 「구약성서」라고 할 수 있지만, 그 안에는 종교적인 문제뿐만 아니라 사람이 생활하는 데 필요한 모든 문제를 포함하고 있다. 『탈무드』를 흔히 바다에 비유하는 까닭도 여기에 있다. 광대한 바다처럼 그 안에 온갖 것이 다 들어있기 때문이기도 하고, 또는 신비한 바다처럼 그 깊은 밑에는 무엇이 들어있는지조차 확실히 알 수 없기 때문이다.

　현재 『탈무드』는 세계 각국의 말로 옮겨서 읽히고 있으며 『탈무드』에 대한 관심은 계속해서 뜨겁게 달아오르고 있는 실정이다. 『탈무드』를 읽으려면 우선 유대인과 『탈무드』와 랍비가 무엇인지부터 알고 넘어가야 한다. 그렇다면 우선 유대인들은 누구인가? 물론 이스라엘 민족이다. 유대인들의 역사를 알아보려면 『성서』(「구약성서」)를 보면 된다. 그것이 그들의 역사이기 때문이고, 『탈무드』도 이 성서의 가르침에서 비롯된다. 성서에 의하면 유대인들은 기원전 1800년경에 지금의 이스라엘 땅에 이주해온다. 이 유목민들은 이스라엘에 정착한 뒤로 숱한 박해와 방황의 세월을 보낸다. 이집트에 노예로 끌려가기도 하고, 바빌로니아에 납치당하기도 하며, 왕국이 무너지기도 한다. 서기 70년에는 로마에 정복당했고, 민족은 세계 각처로 뿔뿔이 흩어져 갖가지 고통 속에 살아간다. 제2차 세계 대전 때는 나치스에 의해 600만 명이 학살되는 아픔을 가슴에 안는다. 유대인들의 방황의 역사는 2천여 년 동안 이어진다.

1948년 5월, 이스라엘은 독립한다. 인구는 300여만 명이지만 세계 각국에 흩어져 각계각층에서 그 이름을 떨치고 있는 유대인들까지 합치면 1천 500여만 명 정도다. 그러나 그들은 세계 어느 민족보다 끈질기고 강하며, 위대한 민족으로 손꼽히고 있다. 미국의 노벨상 수상자 가운데 4분의 1이 유대인이고, 이름만 들어도 금방 알 수 있는 세계적인 저명인사들의 대부분이 유대인이다. 예수, 철학자 스피노자, 정신 분석학의 창시자 프로이트, 과학자 아인슈타인, 소설가 카프카와 프루스트와 아이작 싱거, 인류학자 레비스트로스, 사상가 에리히 프롬, 정치가 키신저, 지휘자 번스타인, 미국의 가수 밥 딜런과 수영선수 마크 스피츠 등 일일이 열거하기도 힘들다. 거짓말 조금 보태서 세계를 지배하고 있다고 할 정도로 우수성을 인정받는 유대인들에게는 몇 가지 독특한 민족성이 있다.

우선 그들은 배우는 것을 지상 최대의 과제로 삼고 있다. 민족은 멸망하더라도 유대교의 성직자이며, 유대인들의 스승인 랍비와 학교만은 살려야 한다는 그들이다. 그래서 세계에서 가장 교육열이 높고 교육 수준 또한 뛰어난 민족이 그들이다. 또한, 그들은 2천여 년 동안이나 쓰러지지 않고 버티어온 끈기와 집념이 돋보이는 민족이다. 그리고 그들은 지혜와 유머를 사랑하는 민족이기도 하다.

그럼 『탈무드』는 무엇인가? 다시 한 번 알고 가야겠다. 『탈무드』는 "위대한 연구."라는 뜻이다. 모두 20권으로, 총 1만2천 페이지나 되는 책이다. 이것은 기원전 500년부터 기원후 500년까지 말로 전해져 내려오던 것을 2천여 명의 학자들이 10여 년 동안 책으로 꾸며낸, 책이라기보다는 하나의 학문이다. 그래서 『탈무드』는 유대인들의 역사요, 지식의 창고라고 할 수 있다. 역사책은 아니지만 그들의 역사가 있고, 법률 서적이 아니면서도 그들의 법률이 들어있으며, 인명사전이 아니면서도 수많은 유대인 선조들의 이야기가 있다. 백과사전이요, 인생의 길잡이이며, 행복과 사랑의 안내서로 떠받들어진다. 그 내용은 성서를 바탕으로 하여 오랫동안 랍비들에 의해서 전해져 내려오던 것이다.

『탈무드』 또한 유대인들처럼 숱한 박해를 당했다. 기독교도들이 『탈무드』를 몰수해서 불에 태우기도 했고, 읽는 것조차도 금지했으며, 나중에는 부분 부분을 잘라내버리기까지도 해서 지금의 『탈무드』는 완전한 것이 아니라고도 한다. 유대인들은 『탈무드』에 의지해서 살았고, 『탈무드』를 많이 공부한 사람이 가장 존경을 받았으며, 『탈무드』 한 권을 공부하면 큰 잔치를 열었다.

마지막으로 랍비는 무엇인가? 랍비는 이스라엘 말로 '나의 위대하신 분' 또는 '우리의 주'라는 뜻이다. 랍비는 『탈무드』를 가장 많이 공부한 사람으로, 불교로 치면 큰 스님이고, 천주교로 치면 대주교이며, 기독교로 치면 목사와 같은 성직자다. 즉 랍비는 유대인들의 정신적인 어버이이며, 스승이고 재판관이다. 그러니까 지금도 전쟁이 나면 세계 각처에서 유대인들이 모여드는 단결력과 애국심은 바로 이 랍비와 『탈무드』를 중심으로 굳혀져왔다고 할 수 있다.

그처럼 오랜 세월 동안 그만큼 크나큰 고통을 참고 견디면서도 하루라도 배움을 멀리하지 않았고, 박해 속에서도 세계적인 두뇌를 자랑하는 민족으로서의 맥을 잇는 지혜와 지식을 쌓았으며, 언제나 웃음을 잃지 않은 민족이 바로 유대인이다. 그리고 오늘의 유대인이 있게 한 지혜와 유머의 교과서가 바로 『탈무드』다. 이유는 그것이다. 우리 어른들이 유대인들의 지혜와 유머를 배워서 더욱 슬기롭고 명랑한 밝은 세상이 된다면 우리 한국이 더욱 발전하는 데 초석(礎石)이 될 것이다.

『탈무드』는 이제 유대인의 얼이 담긴 유대인만의 문화유산을 넘어서 인류의 문화유산으로 당당히 자리매김하고 있고, 나 역시 생업과 더불어 취미로 여러 장르의 악기를 다루고 공부하고 있지만 이제 새로운 안목으로 『탈무드』에 깊은 관심과 애정을 갖게 되었다. 물론 『탈무드』의 내용 중에는 현대 생활에 그대로 적용하는 데 무리가 따르는 것들도 없지 않다. 그러나 정신적 자양분을 풍부하게 함유하고 있으므로, 동화처럼 읽으면서 그 의미를 이해한다면 그만큼 삶에 대한 안목이 깊고 넓어질 것이다. 더 나아가 『탈무드』는 단순히 읽을 때보다, 생각하며 배워나갈 때 더욱 큰 가치를 얻을 수 있는 보석 같은 책이다.

마지막으로 『탈무드』에서 사람이 지켜야 할 열두 가지 조건을 얘기한다.

1. 늘 배워라.

적극적인 자세로 배움에 힘써야 한다는 말이다.

2. 자주 질문을 해라.

배우는 스승에게 모르는 것을 질문하는 것은 중요하다. 또한, 언제나 조금이라도 의문이 가는 것은 자기 자신에게 끊임없이 질문을 해야 배우는 바가 많다.

3. 권위를 인정하지 마라.

모든 것을 있는 그대로 인정해버리지 말라는 뜻이다. 발전은 여태까지의 상황(권위)을 부정해보는 데에서 시작하는 것이다.

4. 자신을 세계의 중심에 두어라.

남을 무시하고 무조건 자기를 내세우라는 말이 아니다. 자신을 소중히 여기는 가운데 남도 자기를 소중히 여기게 된다. 자기를 존중하는 사람들에 의해서 세계는 발전되어왔다.

5. 폭넓은 지식을 가져라.

배우고 경험하고 들어서 얻어낸 지식은 무엇과도 바꿀 수 없는 재산이다.

6. 실패를 두려워하지 마라.

실패는 성공의 어머니다. 성공과 실패는 손등과 손바닥 같은 것이다. 실패는 좌절이 아니고, 그만큼 성공에 가까워져 있는 것이다.

7. 현실적이 되어라.

가능하고 불가능한 것을 재빨리 파악할 줄 알아야 한다. 안 되는 것을 억지로 하려는 자세는 필요 없는 낭비다. 될 수 있는 대로 자연스럽고 현실에 맞게 살아야 한다.

8. 낙관적이어야 한다.

매사를 긍정적이고 희망적으로 내다보라는 말이다. 내일은 아무것도 쓰여있지 않은 백지다. 여유를 가지고 그 백지를 메워나가야 한다.

9. 풍부한 유머를 가져라.

웃음은 사람에게 즐거움과 여유를 준다. 유머가 풍부하면 그만큼 여유도 생기는 법이다.

10. 맞서는 것을 두려워하지 마라. 자기 생각에 찬성하지 않는 사람이라고 무시하지 마라.

발전은 맞서는 것에서 생긴다.

11. 창조적인 휴일을 보내라.

휴일을 어떻게 보내느냐에 따라 사람의 진가가 판가름난다.

12. 가정을 소중히 여겨라.

집은 자기를 키우고 지키는 성이다. 또한, 사랑과 행복의 샘이 가정이다.

자녀의 재능은 부모가 지속해서 이끌어내지 않으면 피어날 수 없다. 세계적 인물의 성장 과정을 연구한 빅터 고어츨은 "열정 있는 부모 밑에서 인재가 배출된다."라고 강조한다.

미래형 등대 부모 리더쉽 – 교감하는 부모가 되라

등대형 부모가 되려면 항해하는 자녀가 보내는 신호의 의미를 잘 포착해야 한다. 도움을 달라는 신호인지 혹은 혼자서 해보겠다는 신호인지 그 의미를 정확하게 이해해야 그에 맞춰 적절하게 등대 불빛을 비추어줄 수 있다. 그러려면 부모와 자녀의 유대감이 매우 중요하며, 유대감을 갖기 위해서는 평소에 서로 잘 교감해야 한다.

러시아의 아동 발달 심리학자 비고츠키는 사회적 상호작용이 아이들의 잠재력 발달에 매우 중요하다고 강조했다.

부모가 자녀와 어떻게 상호작용을 하느냐는 아이의 인지적 발달뿐만 아니라 타인과의 사회적 상호작용에 대한 태도나 기술에 영향을 미치는 중요한 요인이다. 미래형 등대 부모 리더십을 키우고 싶다면 자녀와의 관계를 통제와 관리에서 교감과 소통으로 무게중심을 옮겨야 할 때이다. 그렇다면 교감하는 부모가 되기 위해 필요한 노력을 알아보자.

1. 귀를 기울이고, 또 기울인다.

자녀와 교감하는 데 가장 중요한 노력은 경청이다. 우리는 모두 듣는 능력을 가지고 태어났지만, 경청하는 능력은 훈련이 필요하다. "우리 부모님은 내 말을 들어주지 않아요!"라고 아이가 이야기했을 때, 부모가 들어주지 않는 것은 자녀의 말이 아니라 자녀의 마음 혹은 의도이다. 부모들이 경청하기 어려운 이유는 판단과 조언하고 싶은 마음이 앞서기 때문이다. 하지만 교감을 한다는 것은 문제를 해결해주는 사람으로 옆에 있는 것이 아니라 마음을 읽어주는 사람으로 머물러주는 것이다. 자녀의 이야기를 들으면서 하고 싶은 말이 올라온다면 마음속으로 10초를 세면서 그 이야기들을 가라앉히는 연습을 해보면 좋다.

2. 조언하기 전에 물어본다.

답을 주는 부모보다 질문을 던지는 부모가 되라. 아이가 어떤 일을 상의하거나 조언을 구할 때는 바로 답을 주기보다 자녀가 스스로 답을 찾을 수 있다는 믿음을 가지고 질문을 던져라. 아이들이 부모에게 조언을 구할 때는 대체로 답을 구하려고 하기보다 부모가 자신의 편이 돼주기를 바라는 마음이 크다. 아이가 어떤 문제에 조언을 구할 때는 그 문제가 자녀에게 중요한 문제라는 것을 인정해주는 것이 중요하다. 그리고 아이 스스로 어떤 노력을 했는지, 혹은 어떻게 해결하고 싶은지를 물어봐라.

3. 일관성을 유지한다.

자녀가 부모와 유대감을 느끼려면 안정된 관계를 맺고 있어야 한다. 어떤 때는 칭찬 세례를 했다가 어떤 때는 차갑게 비판하거나 실망감을 드러내고, 독립적이 되라고 이야기하면서 실제는 계속 잔소리와 간섭을 하는 행동을 보인다면 자녀는 부모의 이중성을 어떻게 해석해야 할지 몰라 안정감을 찾기가 어려워진다. 부모가 자기 생각과 행동에 일관적인 태도와 규칙을 가져야 자녀는 부모라는 공간에 편안하게 머물 수 있다. 부모와 교감하는 아이는 부모가 침묵을 하고 있어도 부모가 늘 곁에 있다고 생각한다.

제13장
한국인의
기질과 사회

우리나라의 자랑거리

　우리가 자랑할 수 있는 것 중의 하나가 지하철이다. 세계 최초의 지하철은 1863년 런던에 등장했다. 고속열차 TGV를 앞세운 철도 선진국인 프랑스의 수도 파리에 지하철이 처음 등장한 건 1900년이다. 그해 열린 만국 박람회를 위해 건설됐다. 현재 파리의 지하철의 대부분은 1940년대 이전에 만들어졌다.

　역사가 오래된 만큼 많은 사연도 간직하고 있겠지만, 낡고 지저분한 것도 사실이다. 지하철역은 좁고, 통로는 어둡고 냄새도 난다. 엘리베이터나 에스컬레이터는 찾아보기 힘들다. 게다가 플랫폼엔 우리나라에 흔한 스크린도어도 별로 없다. 열차 역시 상당수 낡고 이용에 불편하다. 출입문도 자동으로 열리는 대신 승객이 손잡이를 누르거나 당겨야만 작동하는 열차가 적지 않다. 그런데도 파리 시민들은 별로 불평을 하지 않는다. 불편에 익숙해졌기에 불편한 건 분명한데 그렇다고 딱히 강하게 문제를 제기하지 않는다. 여기엔 여러 이유가 있겠지만, 지하철을 대대적으로 보수하고 개선하려면 막대한 자금이 들어간다. 이를 조달하려면 지하철 요금을 올리거나 아니면 세금을 투입해야 하는데, 어떤식으로든 시민들의 주머니를 열어야 한다.

　우리는 어떨까? 파리 지하철 정도의 상황이라면 아마도 곳곳에서 거센 불평과 항의가 이어질 것이다. 그리고 요금 인상에는 반대할 가능성이 크다. 시설은 좋아져야 하지만 내 주머니에서 돈이 나가는 건 싫다는 거다. 경제학 용어에 '수익자 부담 원칙'이란 게 있다. 해당되는 사업이나 투자로 혜택을 입는 사람은 어느 정도 부담해야 한다는 의미다.

2019년 6월 2일 아이돌 그룹 방탄소년단(BTS)은 한국 가수 최초로 9만 명을 수용할 수 있고, 화장실이 2,618개로 세계에서 가장 많은 화장실을 가진 장소로 기네스북에도 등재돼있는 영국 런던 웸블리 스타디움에서 콘서트를 열었다. 영화 『보헤미안 랩소디』에서 퀸이 라이브 에이드 공연을 펼쳤던 장소가 바로 이곳이다. 비틀즈, 엘튼 존, 핑크 플로이드 등 당대 최고의 팝스타들이 공연을 펼친 곳으로도 유명하다. 티켓 가격은 우리 돈으로 7만 원에서 25만 원인데 판매 시작 90분 만에 전석이 매진됐다.

마이클 잭슨, 에미넴 등에 이어 12번째 매진이고, 암표 가격은 최고 1,000만 원까지 치솟았다. BTS는 2013년 작은 기획사(빅히트 엔터테인먼트)를 통해 데뷔했다는 이유로 흙수저 아이돌 그룹으로 불렸지만, 무대에서 모든 걸 쏟아부어 세계 음악 시장의 중심에 섰다. 같은 날 축구 스타 손흥민(토트넘)은 스페인 마드리드에서 유럽 축구연맹 챔피언스리그 결승전에 나선다. 손흥민 역시 어린 시절 강원도 춘천에서 아버지의 지도 아래 하루에 1,000개씩 슈팅 연습을 한 끝에 유럽 축구의 정상에 섰다.

우리의 꿈은 현실이 된다. 외국 사람들이 한국에 와서 크게 놀라는 다섯 가지가 있다. 첫째, 대중교통 시스템이다. 대중교통의 연계 환승 제도, 자동화 시스템, 외국어 지원, 서울뿐 아니라 수도권 광역 연결, 와이파이, 급행인데 외국의 경우 환승제도는 찾아보기 힘들며, 비싼 교통비에 핸드폰 전파조차 잡히지 않는 경우가 대부분이기 때문에 한국에 와서 큰 충격에 빠진다. 이로 인해 많은 외국인은 한국에서 가장 인상적인 점으로 대중교통을 꼽는 경우가 많으며, 많은 개발도상국이 한국의 대중교통 시스템을 배우기 위해 찾아오고 시스템을 수입하고 있다.

둘째, 와이파이다. 외국인들에게 가장 큰 매력으로 꼽히는 것은 아마 무료 와이파이다. 한국은 인터넷 속도 세계 1위, 인터넷 접근성 세계 1위, 와이파이 설치율 세계 1위 등 대부분의 지표에서 세계 1등이다. 외국인이 공항에서 나와 공항철도, 지하철, 숙소까지 이어지는 구간 대부분을 무료 와이파이로 길을 잃지 않고 갈 수 있다.

셋째, 우리에게는 그저 평범하지만, 외국인들이 보기에 아주 놀라운 것이 화장실이다. 자국의 화장실보다 엄청 깨끗하기에 입을 다물지 못한다. 특히 고속도로 휴게실의 청결함은 상상을 초월한다.

네 번째로 치안이다. 외국인이 한국에 와서 매우 놀라는 것 중 하나가 치안이다. 외국은 치안이 불안하고 총기, 소매치기, 폭행, 납치 등이 낮에도 길거리에서도 횡행한다. 중남미만 하더라도 납치와 강도, 강간이 매우 일상적으로 행해지며, 선진국인 미국과 유럽은 도둑질이 심해 카페에 가방을 놓고, 화장실도 못 갈 정도다. 그리고 우리나라는 거미줄같이 CCTV가 깔려있어 범죄자의 동선을 확인할 수 있어 검거율도 아주 높다. 실제로 한국을 찬양하는 외국인들은 가장 큰 이유로 안전한 치안을 꼽는다.

마지막 다섯 번째로 외국인들이 놀라는 점은 바로 식당 문화인데, 공짜 물, 공짜 반찬, 그리고 음식의 맛이다. 우리나라 반찬은 종류도 많지만 반찬이 모자라면 더 갖다 주고, 맛과 영양도 함께 들어있다. 외국인들에게는 믿기 어려운 사실이다. 외국은 한 모금의 물을 마시려고 해도 대부분 돈을 주고 사서 식당에서 먹지만, 우리의 경우 정수기가 설치되어있어 깨끗한 물을 맘껏 먹을 수 있다. 그래서 외국 관광객들이 한국을 찾게 되면 한정식 식당을 알아본다.

요즘 대한민국을 혐오하는 글이 많다. 대한민국은 헬조선이 아니다. 그렇게 말하기엔 이 나라를 사랑하는 사람이 너무 많다. 지금 힘들더라도 위대한 대한민국, 외국에 나가면 모두가 애국자가 된다. 외국의 큰 도시에서 볼 수 있는 우리의 기업 간판들, 가슴이 뭉클하고 자랑스럽다.

고독사와 고령사회

세상에서 가장 두려운 것은 죽음이라고 흔히들 생각한다. 또한, 죽음은 모든 생명의 공포의 대상이기도 하다. 그러나 우리는 언젠가 모두 죽는 존재이다. 죽음보다 더 두려운 것은 늙어서 혼자서는 아무것도 할 수 없는데 죽지 않는 것일지도 모른다. 독거노인 중 절반은 경로당도, 복지관도 안 나간다. 복지부에서 작년(2018년) 95만 명을 조사한 결과에 따르면 사회활동을 안 하는 노인이 절반 이상(52%)으로 늘어나고, 11%는 가족과 전혀 연락하지 않는다고 한다.

김 모(70) 씨는 서울 동작구에 혼자 산다. 35년 전 사업에 실패한 뒤 아내와 헤어졌으나 둘 사이에 아들이 한 명 있어서 일 년에 한두 번 전화도 하고, 밥도 먹었다. 하지만 10여 년 전 언쟁을 벌인 뒤부터 아들과 연락하지 않게 됐다. 현재 한 달에 50만 원 들어오는 기초생활수급비가 수입의 전부다. 밥 사 먹는 돈이 아까워 하루에 한두 끼만 먹고, 친구 만나는 것도 꿈을 못 꾼다. 말 한마디 안 하고 보내는 하루가 많아졌다. 김 씨는 "평생 극빈자로 외롭게 살았다. 내일 아침에 눈을 안 떴으면 좋겠다는 생각을 자주 한다."라고 했다.

주변과 교류 없이 혼자 살며 고립되는 노인들이 늘고 있다. 외로운 삶이 우울증을 부르고, 우울증이 다시 남들과 사이에 더 높은 벽을 쌓는 악순환이 저소득층뿐 아니라 모든 계층에서 일어나고 있다는 뜻이다. 이런 현상은 고독사 증가로 이어진다. 요즘 나 홀로 죽음이 점점 늘어가는 추세다. 고독사(孤獨死), 즉 외로운 죽음은 현대사회의 쓸쓸한 자화상이며, 앞으로 닥쳐올 우리들의 모습일지도 모른다. 최근 혼자 살다 아무도 모르게 집에서 사망하는 고독사 중 40%가 원룸이나 고시원에서 자살한 젊은이고, 나머지 60%는 자연사한 홀몸노인이라는 통계가 있다.

우리는 항상 오늘을 살고, 내일을 준비한다. 내일 일은 정확히 모르지만, 오늘을 성실히 준비한다면 내일은 행복할 수 있으리라는 걸 우리는 잘 안다. 적극적으로 사회활동하는 노인일수록 삶의 질이 높기에 나는 하모니카나 기타 아니면 아코디언, 색소폰 등등 본인이 좋아하는 악기를 선택해서 배워보는 것을 추천한다.

그러므로 우리가 오늘을 성실히 준비하면 내일이 아름답듯이 내일 우리가 죽는다면 오늘 준비한 그 성실함이 아름다운 세상으로 이끌어줄 것이다. 천국이란 성실히 준비하는 사람에겐 오늘이나 내일이나 항상 열려있는 세상이기 때문이다. 어떤 꿈과 희망을 가지고 살아야 할까? 꿈과 희망이 없다면 어떻게 될까? 사람은 일정한 햇수를 살았다고 늙는 것이 아니라 이상(꿈과 희망)을 버리기 때문에 늙는다. 세월이 가면 얼굴에 걱정과 의심, 두려움과 절망의 주름이 생기지만, 이상을 버리면 영혼이 늙는다고 한다.

프랑스의 세계적인 패션잡지 『엘르(ELLE)』의 편집장인 장 도미니크 보비(1952년 프랑스 파리 출생)의 꿈과 희망의 본보기를 보면, 43세에 뇌졸증으로 쓰러져 3주 후 의식을 회복했지만, 전신마비 상태에서 유일하게 왼쪽 눈꺼풀만 움직일 수 있었다. 이러한 상태에서 왼쪽 눈 깜박임 신호(모르스 부호)로 알파벳을 지정해 한 번 깜박이면 '예', 두 번 깜박이면 '아니요'로 시작해 책을 쓰기 시작했고, 대필자에게 20만 번 움직여 15개월 만에 『잠수복과 나비』라는 책을 1997년에 출간했다. 책은 일주일 만에 20만 부나 팔려나가는 베스트셀러가 되었다. 책 출간 8일 후 심장마비로 그토록 원하던 나비가 됐다는 내용의 책 서문에 "흘러내리는 침을 삼킬 수만 있다면 세상에서 가장 행복한 사람이다. 불평과 원망은 행복에 겨운 사람들의 사치스러운 신음일 뿐이다, 건강의 복을 모르고 툴툴거리며 잠자리에서 일어났던 지난날의 많은 아침을 후회하고 마음은 훨훨 나는 나비를 상상하며 삶을 긍정하려고 노력하고 있다."라고 썼다. 이 책은 2007년에 영화로도 만들어졌다.

고령사회를 살아가는 모든 이들의 꿈과 희망이며, 재미를 넘어 사람들의 마지막 소원일지 모른다. 이 유행어는 그야말로 소망일 뿐 지금 상황에서는 불가능한 꿈과 희망일 뿐이다. 왜냐하면, 한국인은 죽기 전 2~3일 동안 아픈 것이 아니라, 평균 11년 동안 병을 앓다 사망한다고 한다. 그렇다면 60살에 은퇴해서 99세까지 산다면 40년을, 120세까지 산다면 60년을 일없이 살다가 죽어야 하는데, '과연 오래 사는 것이 과연 복일까?'에 대한 질문을 하지 않을 수 없다.

가난은 죽음보다 무섭고 죽기 전 병치레도 문제지만, 사실 그것보다 더 두려운 것은 노후(老後) 자금이다. 노후 생활을 위해서 여유 있게 준비된 노인은 전체 노인의 20%에 불과하다는 통계가 있고, 노후 자금은 반드시 필요하나 수명이 길어진만큼 삶의 질이 더욱 큰 과제이다. 단순히 오래 사는 것보다는 건강하게 오래 살 수 있는 삶을 위해 다음과 같이 철저하게 준비해야 한다.

첫째, 육체(肉體)건강 관리이다.

건강하게 살려면 일주일에 4일 정도 땀이 나도록 유산소 운동을 해야 한다. 운동은 암뿐만 아니라 모든 병(病)을 막아주는 첨병 역할을 한다. 신체의 각종 호르몬 수치에 변화를 주고, 음식물이 장에 머무는 시간을 줄어들게 하며, 근력을 증가시키고 체력을 향상시킨다. 건강한 인생을 위해 필수적인 과제임을 알고 하루라도 빨리 시작하자. 인류 역사상 가장 오래 산 사람은 영국인 농부 토마스 파로 알려져 있다. 1500~1600년대 사람으로 문헌에 나오는데 152세까지 장수했던 그는 단신(短身)에 몸무게 53kg이었고, 채식(菜食)주의자였다. 80세에 처음 결혼하여 남매를 두었고, 122세에 재혼까지 했다. 그의 장수 비결은 소식(小食)과 운동이었다. 그의 장수에 대한 소문이 파다하자 당시 영국 국왕이었던 찰스 1세가 왕궁으로 초대하여 생일을 축하해주었는데, 그때의 과식이 원인이 되어 얼마 후 사망했다. 그 당시 유명한 화가 루벤스에게 초상화를 그리게 한 그림이 바로 유명한 위스키 '올드파'의 브랜드가 되었다.

둘째. 정신(精神)건강 관리이다.

건강하고, 의미 있는 인생을 위해 정신건강 관리에 더욱 힘쓰자. 한국인들의 사망 원인은 암과 뇌혈관 질환 그리고 심장 질환이 1위에서 3위를 차지한다. 4위는 어이없는 자살(自殺)이다. 우리나라 노인 자살률은 OECD 국가 중 1위이며, 자살의 원인은 우울증이 크게 한몫을 차지하는데, 우울증은 치매로 가는 가장 빠른 길이기도 하다. 우리나라 65세 이상 인구 중 약 10% 정도가 치매 노인이며, 치매에 걸릴 확률(確率)은 65세엔 1%, 75세면 10%, 그리고 85세 이상이면 50% 정도나 되어 암보다 두려운 것이 치매일 것이다. 치매는 본인 개인은 물론 가정을 파괴하고 사회를 병들게 한다.

셋째, 봉사의 삶은 바로 이웃과의 관계(關係)이다.

사람은 누구나 혼자서는 살 수 없다. 자기 뜻과 주장만 내세우는 사람은 아무리 돈이 많고 건강하다 해도 다른 사람과 어울릴 수 없다. 행복한 삶은 이웃이 있는 사람만이 누릴 수 있다. 평소 건강할 때부터 이웃에게 좋은 일을 베풀고, 봉사하는 삶을 살자. 사람은 나이가 들수록 아랫사람들에게 잔소리하기 쉽다.

하지만 행복한 노년을 위해서는 그 반대로 살아야 한다. 곧 자기 주위에 있는 사람들을 늘 인정(認定)해주고 칭찬해줌으로써 이웃으로부터 꼭 필요한 사람으로 살아야 아름다운 노년을 즐길 수 있다. 행복한 노후는 바로 육체가 건강하고 정신이 건강하며, 봉사(奉仕)의 삶을 사는 것이다. 봉사적인 삶이란 나이를 티 내지 않고 초심을 갖고 다른 사람을 섬기는 자세(姿勢)이다. 섬김의 삶을 살 때, 육체적인 기쁨은 물론이고 정신적으로도 안정감을 찾을 수 있을 것이다. 그리고 미래에 대한 자신감을 갖게 되는 것은 섬김을 통해 이웃의 아픔을 함께 나눔으로써 그들과 하나 됨을 느끼며 자신을 돌아볼 여유를 가질 수 있기 때문이다. 건강과 함께 무언가 열심히 할 일거리와 이웃이 있어야만 노후가 행복하다. 하루하루 생활이 이웃에게 베푸는 삶이 되도록 하자. 삶의 마지막은 가장 아름다운 모습이어야 한다. 세상을 떠날 땐 모두 아무것도 가져갈 수 없기에 욕심을 부릴 필요가 없다.

스스로 병(病)들고 누워서 지내는 100세는 불행이다. 최소한 활동에 지장이 없는 건강이어야 축복(祝福)이다. 가족이나 간병인의 힘과 인공호흡기의 힘을 빌리는 의존생명은 짧으면 짧을수록 좋고, 가족이나 이웃의 바람도 그럴 것이다. 지금부터라도 우리 모두 건강 유지에 힘써 병(病)들지 않고 9988할 수 있도록, 축복받은 120세 장수(長壽)가 될 수 있도록 노력하고 나와 이웃을 위해 기쁘게 웃어보자. 그것이 바로 죽음을 잘 준비하는 사람이며, 나의 웃음으로 인해 가족이 웃고 이웃이 웃을 수 있다. 이 세상에서 인간 외에는 웃을 수 있는 동물은 없기에 이것이 인간의 특권이다.

소문만복래(笑門萬福來), 즉 다시 말해 웃는 사람은 행복하고 성공할 가능성이 크다. 이는 개인이나 기업에도 해당되는 말이다. 국운(國運) 상승도 지도자뿐만 아니라 일반 국민들이 자주 웃을 수 있어야 결실을 맺을 수 있다. 아이들은 하루에 평균 400번 정도를 웃는

데, 어른이 되면서 하루 15번 정도, 그 중에도 9번은 남을 비웃는 것으로 실제는 6번으로 줄어든다고 한다. 이것은 나이가 들면서 웃음을 잃고 더불어 건강도 잃게 된다는 얘기이며, 뜻이다. 의학적인 측면에서 웃음은 질병을 예방하기도 하고, 치유하기도 한다.

사람이 크게 한 번 웃으면 몸속의 근육 650개 중 몇 개가 움직일까? 231개 근육이 움직인다. 인체 근육의 약 3분의 1이 움직이는 웃음을 3분 동안 실컷 웃으면 1시간 동안 에어로빅이나 조깅, 자전거를 타는 것과 같은 효과를 낸다고 한다. 웃음은 또 1,000억 개에 달하는 뇌세포를 자극한다. 살짝 웃는 미소 역시 얼굴의 근육 15개가 움직여 만들어내는 것처럼 보이지만 실제로 더 많은 근육이 움직이는 것으로 알려져 있다.

스탠퍼드 대학 윌리엄 플라이 교수의 웃음과 심장의 상관관계 연구에 의하면 15초 동안 손뼉을 치며 크게 웃는 박장대소(拍掌大笑)를 하면 100m를 전력 질주한 운동 효과와 맞먹는다는 보고서가 있다. 여기서 그치지 않고 또 크게 한 번 웃으면 윗몸 일으키기를 25번 하는 효과와 3분 동안 노를 힘차게 젓는 효과가 있다고 한다.

또한, 웃음은 스트레스 해소와 함께 두려움, 분노를 완화시키는 데 도움을 줘 오랫동안 질병에 시달린 환자들이 긍정적인 마음을 갖도록 하는 데 적지 않은 효과를 발휘하기도 한다. 그런데 여기서 재미있는 현상이 있다. 마지못해 웃는 '억지 웃음'과 '가짜 웃음'도 효과가 있다. 우리 뇌는 진짜와 가짜를 구별하지 못하기 때문이다. 억지로 웃는지, 진짜로 웃는지 뇌가 구별을 못 하기 때문에 억지로 웃어도 90%의 효과가 있다.

우리 몸은 대략 60조~100조 개의 세포로 이뤄져 있는데, 이들 세포는 모두 몸 주인의 뜻에 따라 반응한다고 한다. 다시 말해 주인이 '생각(生覺)', 즉 살려는 마음으로 무장하면 세포들이 살기 위한 반응으로 무장한다고 한다. 반대로 주인이 절망, 우울, 낙심과 같은 '사각(死覺)', 즉 죽음의 마음으로 무장하면 세포들 또한 주인의 뜻에 따른다고 한다. 자, 그러면 어떻게 웃어야 제대로 웃는 것인가? 웃음은 혼자보다는 여럿이 모여 함께 웃을 때 33배나 더 잘 웃게 된다고 한다. 평소 잘 웃지 않는 사람은 웃는 연습이 필요한데, 웃음은 크게 3가지 원칙이 있다.

첫째, 크게 웃어라. 둘째, 내 쉬는 호흡, 즉 날숨으로 10초 이상 길게 웃어라. 셋째, 웃음이 '내장 마사지' 역할을 할 수 있도록 배와 온몸으로 웃어라. 크게 웃으면 광대뼈 주위 혈과 신경이 뇌하수체를 자극해 엔도르핀(endorphin) 분비를 촉진시켜 기분을 좋게 만들고, 날숨은 몸 안의 독소와 스트레스를 해소하는 역할을 하기 때문에 10~15초 정도 길게 웃어야 하며, 웃음은 박수를 치면서 웃으면 훨씬 더 효과가 크다. 아이들이 정말로 신나게 웃을 때 방바닥을 데굴데굴 구르며 방방 뛰며 웃는 것처럼 어른도 박장대소하고 웃어야 내장이 마사지되고 전신운동이 된다. 우리 실제 웃는 연습을 해보자.

예전에는 노년을 '신체 및 정신적 기능이 쇠퇴하고, 경제적으로 궁핍해지며, 사회적으로 소외되는 등 독립적으로 살아가기 어려운 조건들이 지배하는 결핍의 시기'로 간주하곤 했다. 그러나 요즘엔 활동적이고 생산적인 노년 인구가 증가함에 따라 노년기에도 주체적이고 독립적인 삶을 영위할 수 있고, 적극적으로 사회에 참여할 수 있으며, 친밀한 유대관계 형성 또한 얼마든지 가능한 시기로 인식되기 시작하였다. 물론 그렇지 못한 노인들이 많다는 현실 또한 직시할 필요가 있겠다. 주위를 한 번 돌아보자. 우리 주변에는 길거리에서 유모차에 파지를 주워 모으는 노인들도 있고, 탁구장에서 운동을 즐기거나 산 정상까지 등정하는 활동적인 노인들도 있다. 그뿐만 아니라 기업이나 각종 모임에서 여전히 주도적인 리더 역할을 하는 노인들도 많다. 이런 상반된 상황과 처지의 노인들을 목도하게 될 때마다 우리는 스스로에게 묻지 않을 수 없다.

"나는 어떻게 늙어갈 것인가? 아니, 어떻게 늙어가고 싶은가?"
"은퇴 후의 날들에 대한 계획은?"
"스스로 그려보는 80대의 내 모습은?"
"죽음을 편안히 맞이할 준비는 얼마나 되어있나?"

그리고 마지막으로 하나 더.
"지금 나의 꿈은 무엇인가?"

갑자기 10대 때나 듣던 '꿈' 이야기를 하니 혹시 당혹스러울지도 모른다. 그런데 제가 지금 말하는 꿈이란 무엇이 되기 위한 꿈이 아니라, 잘 늙어가기 위한 꿈이 있어야 한다는 말이다. '꿈은 이루어진다(Dreams come true)'는 말이 있다. 여기서 주목할 부분은 무엇인가가 이루어지기 위해선 먼저 꿈이 있어야 한다는 사실이다.

누군가 남들이 부러워할 만한 무언가 커다란 성취를 이루었다면 이는 그에게 남다른 꿈이 있었기에 가능했던 것이라는 사실이 중요하다. 우리는 먼저 꿈을 꾸어야 한다. 말하자면 잘 늙어가기 위한 꿈이다. 청춘은 짧고, 노년은 길기에 잘 늙어가기 위한 장년의 꿈은 청춘의 그것보다 사실 훨씬 더 중요하다. 그 꿈이 우리의 결코 짧지 않은 노년을 바꿔놓을 것이다. 물론 꿈만으로 목표가 절로 이루어지는 것은 아니다. 청운의 꿈이 이루어지기 위해 많은 공부와 노력이 필요한 것처럼, 노년의 꿈을 이루기 위해서도 적지 않은 공부와 노력이 필요하다.

우리는 지금 그 공부와 노력의 첫걸음을 떼려 하고 있다. 이 작은 책을 횃불 삼아 누군가 장년이나 노년의 나이에도 불구하고 이전에 없던 공부와 노력으로 보다 활기차고 유쾌한 노년을 보낼 수 있게 된다면 이 책을 쓴 저자로서 더 이상 바랄 것이 없다. 노년의 삶이 평탄치 못한 가장 큰 이유 가운데 하나는 주변의 다른 사람들과 제대로 소통을 하지 못하기 때문이 아닌가 싶다. 이런 현실적인 이유와 즐겁게 늙어가기 위해서는 무엇보다도 소통이 중요하다고 믿는다. 오랜 세월을 살아온 어르신들의 지혜가, 몸통은 물론 손가락과 발가락 끝까지 뻗은 모세혈관처럼 우리 사회

곳곳으로 소통되어 전파된다면 이 나라 노인들 개개인의 웰 에이징(Well-aging)은 물론, 우리 사회 전체의 크나큰 기쁨이자 자산이 될 것이다.

이시형 박사의 조언

이시형 박사는 1934년생으로 경북대 의대를 졸업했고, 현재 85세의 고령 정신의학계의 권위자이다. 그는 '화병'을 세계 정신의학 용어로 만들기도 했다. 이 박사는 "늙어서 효(孝)를 기대하면 돌아오는 건 자칫 서러움이다."라며 정신적 자립을 권하는가 하면 "나이가 든다는 건 숫자가 보태지는 만큼 깊어지는 것이다."라며 따뜻하게 다독이기도 한다. 그는 "어른다움을 헤매는 세상에서 정신의학적 지식과 경험을 바탕으로 나이 듦을 말하고 싶었다."라고 했다. 이 박사는 "나이가 들어 갑자기 위축되고 열등감에 빠져 우울증을 겪는 사람을 많이 본다. 그 이유는 삶의 중심이 자신이라는 사실을 잊었기 때문이다."라고 지적한다. 다른 사람이 나를 어떻게 보는지가 아니라 내가 자신의 가치와 존재감을 결정할 수 있어야 한다는 것. 그것이 지금까지 살아온 나의 삶과 자신에 대한 '예의'라고 했다. 그는 "늙는다는 것을 자각하지 못하는 경우가 많다. 노인이 되면 신체 능력과 기억력이 감퇴하는데, 예전같이 빠르고 정확하지 못한 자신에게 답답해하기 쉽다."라고 했다. 결국, 마음의 유연성이 떨어져 조급해지고 쉽게 화를 내게 된다. 그래서 이 박사는 "노화를 받아들이되, 정신적으로 젊게 살기 위한 노력이 필요하다. 마음은 세월을 비켜 갈 수 있기 때문이다."라고 했다.

가장 좋은 방법은 '죽는 순간까지 은퇴하지 않고 현역으로 뛰는 것'이다. 그가 '일'을 화두로 삼는 것도 이 때문이다. 또한, "은퇴를 시작으로 우울감이 온다. 사회가 날 필요로 하지 않는다는 생각은 정체성을 무너지게 하기 때문이다."라고도 했다. 일이 주는 희로애락은 감정에 진폭을 만들어 살아있음을 느끼게 해준다.

은퇴를 마주하고 있다면 끝이 아니라 시작이라는 생각으로 이후 계획을 철저하게 세워야 한다. 나이가 들면 찾아오는 쓸쓸함은 '지극히 자연스러우며, 받아들여야 하는 것'이다. 이를 위해선 고독을 즐길 줄 아는 힘, 정신적 자립이 필요하다. 노인 우울증 뒤에는 자립의 실패가 있다. 평생 가족과 사회를 위해 밖으로만 눈을 돌리고 살았으니 이젠 자신에게 집중하며 무엇을 원하는지 귀 기울일 수 있어야 한다. 그러니 어떤 일을 할지는 자신의 몫이다. '가벼운 설렘'을 느끼면 좋다. 특히, 그는 손으로 자전기(自傳記) 쓰기를 권했다. "쓰는 순간 뇌 여러 부위에 산재된 기억 회로가 작동한다. 지적 쾌감은 건강의 비결이다."라고 했다.

단 한 번도 은퇴를 고려해본 적이 없다는 그는 '웰 다잉'을 '웰 리빙'으로 정의했다. "열심히 살아야 자신 있게 죽을 수 있다."라며, 잠자듯 세상과 이별할 수 있다면 그것이 최고의 명예로운 죽음이라고 말하며 미련 없이 충실하게 사는 것이야말로 비로소 나잇값을 한다.

한국 사람들의 특별한 기질

세계 4대 혁명을 일컬어 프랑스 시민혁명, 영국의 산업혁명, 미국의 경제혁명, 한국의 근대화혁명이라고 한다. 우리 국민들이 불철주야 땀을 흘린 결과라고 생각하는데, 한국 사람들은 몇 가지 특정적인 기질이 있다.

우리 한민족은 원래 알타이 산에서 살다 시베리아, 몽골 요동 벌판을 거쳐 조선반도에 정착하게 된 기마 유목 민족이다. 그래서 산수 좋은 곳으로 옮겨 다니며 공격적이고 살아남기 위해 다른 종족과 싸움을 해야 하는 유목민의 기질을 갖고 있다. 또한, 무당의 혼을 지닌 민족이다. 신명만 나면 못 하는 일이 없다. K-POP이 세계를 뒤흔드는 것도 다 이런 기질이 있기 때문이다. 그뿐만 아니라 우리 국민의 독특한 특징은 신병(神病)과 화병(火病)이라고 한다. 겁이 없는 민족이고, 뭐든지 한다면 하는 민족이다. 이런 기질로 인해 세계가 깜짝 놀랄 기적을 만들어냈다. 세계 1위인 것이 너무 많다. 반도체 생산, 배 만드는 조선, 컴퓨터 보급, 초고속 인터넷, 제철·제강 생산, 휴대전화 보급 등등.

그런데 여기에 불명예스러운 것도 많다. 13년째 OECD(세계 경제협력기구) 국가 중 자살률이 1위이다. 여기에다 행복지수, 교통사고, 산업재해, 폭력성 범죄 등은 거의 꼴찌다. 88년 올림픽 무렵 우리 국민 70%가 중산층이라 답했다는 통계가 있다. 그 무렵 GDP가 4,400달러였다. 그런데 지금은 3만 달러인데도 우리 국민 대다수가 중하위권이라고 생각하고 있다. 세계 10대 경제 대국인데 왜 국민들은 삶의 질, 행복지수가 최하위라 생각하는가? 그건 국민들의 기대 수준이 너무 높아 충족되지 않기 때문이다. 욕심을 부리면 안 된다. 절제할 줄 알아야 한다.

　우리 국민의 기질 중에 '오기'가 강해 이판사판 끝까지 가야 성미가 풀리는 기질은 한국의 7대 사회정신병리 중의 하나이다. 건강의 5대 목표를 100세까지 우아하고 행복하게, 내 발로 걸을 수 있고, 치매에 걸리지 않고, 현역으로 뛰어야 하며, 병원에 안 가는 것이다. 우리가 가진 '오기'로 이 목표를 이루어보자.

분노조절장애와 명상

아무리 점잖은 사람이라 하더라도 운전하다 깜빡이도 안 켜고 끼어들기를 당하면 상스러운 욕을 질러대고 인상을 찌푸리는 경우가 많다. "부부 싸움은 칼로 물 베기"라는 말이 있긴 하지만, 분노 조절에 실패할 경우 이혼으로 가정이 깨지기도 하고, 분노를 못 이겨 직장을 잃는 사람도 많다. 격노는 폭행이나 살인 등 심각한 범죄를 일으키는 요인이 되기도 한다. 화를 다스리지 못하면 궤양이나 심장병, 고혈압 같은 건강 이상으로 고생하기 마련이다. 또한, 자기 자신뿐 아니라 주변 사람이나 타인에게도 고통을 주는 사회 문제의 주요 원인이기도 하다.

여러 가지 불행을 야기시키는 분노는 과연 우리가 조절할 수 있는 것일까? 분노에 대해 새로운 방식으로 생각하고 여러 변화를 이끌 적절한 조언이 필요하다. 분노는 기쁨이나 슬픔과 비슷한 감정의 종류 중 하나로 누구든 이를 피해갈 순 없다. 다만, 분노를 느끼게 됐을 때 이를 어떻게 조절해서 잘 가라앉히느냐가 문제다.

특히 여자보다 더 화를 잘 내는 남자들의 분노는 더 큰 문제를 야기시킨다. 이는 강한 남자가 돼야 한다는 강박관념이 크기 때문이다. 문제 해결 과정에서 분노를 다스리려면 제일 먼저 나에게 문제가 있음을 부정하지 말고 솔직하게 있는 그대로 사실을 인정해야 한다.

부정은 자기방어 수단이어서 결점이나 문제가 없다는 확신을 주어 죄책감과 굴욕감을 느끼지 않게 한다. 그러나 이제부턴 "나는 너무 화를 많이 내."라며 쿨하게 인정해야 한다. 분노를 잘 조절하려면 무엇보다 합리적이고 공정하게 자기 자신을 평가해야 한다. 우리는 실수를 하면 계속 곱씹거나 칭찬에 민망해하는 일이 흔히 있다. 그러나 조금만 잘못해도 '이런 머저리 같으니라고!'라며 자신을 지나치게 질책하거나 부정적인 면을 부각할 필요는 없다. 사람은 누구나 실수하는 법이다. 또한, 쑥스러워하지 말고 칭찬을 있는 그대로 받아들이는 용기도 필요하다. 그래야 자기 자신에 대한 긍정적인 에너지가 커지고 분노를 아예 원천봉쇄하는 데 큰 도움이 될 것이다.

부정적인 생각이 떠오를 때마다 '하지만'이라는 접속사를 사용해 긍정적인 내용으로 후반부를 마무리하면 분노를 줄일 수 있다. "오늘 직장 일은 엉망이었어. '하지만' 빨리 집에 가서 아이들과 놀고 싶어." 이 말을 오늘 당장 한번 써먹어보자. 분노는 하되, 조절도 하는 거듭난 사람이 될 수 있다.

요즘 명상이 화두다. 호흡은 명상의 출발이다. 한 번의 숨쉬기로 명상은 시작된다. 편안한 자세로 앉아 숨 한 번 들이마시고 내쉬는 일이라 누구나 할 수 있다. 일반 숨쉬기와 다른 점이 있다면 마음을 호흡에 집중하는 것이다.

"누구에게나 마음속에 과거의 아픈 기억을 알아달라고 보채는 어린아이가 한 명씩 들어있습니다. 그럴 때면 조용히 쓰다듬어주며 괜찮다고 위로해 주세요."

아픈 기억이나 스트레스로 화가 날 때마다 그런 생각이 일어나는 자기 생각을 알아차리면서 어린애를 보듬듯이 어루만져주라는 얘기다.

"고통과 싸우지 마세요. 짜증이나 질투심과도 싸우지 마세요. 갓난아기를 안아주듯이 그것들을 아주 부드럽게 안아주세요. 당신의 화는 당신 자신입니다. 당신 안의 다른 감정들도 마찬가지입니다."
(『너는 이미 기적이다』, 틱낫한, 이현주 역, 불광 출판사)

걷기 명상은 한 발짝씩 내딛는 발걸음에 집중하면서 지금 여기의 순간을 즐기는 시간이다. 마가스님(직지사 연수원장)은 이렇게 말했다.

"길가에 떨어진 솔가지 하나씩을 각자 주워보세요. 내 마음속 고통 한 가지를 이 솔가지에 담아 버리세요."

고통을 버려야 행복이 찾아올 것이다. 나는 무엇을 버려야 행복해질까를 모두들 생각해봐야 한다. 틱낫한의 명상 책은 국내에 많이 번역돼 나와있다. 그중 어느 책을 골라 읽어도 그만의 독특한 문제를 발견할 수 있다. '쉬기 명상', '사랑 명상', '앉기 명상', '걷기 명상', '먹기 명상' 등 그 제목만 봐도 그의 명상이 지향하는 바를 짐작하게 한다. 이 세상에 명상의 소재가 아닌 것이 없다. 직장이나 집안의 부엌, 욕실 어디에 있든, 음식을 먹을 때나 또 다른 곳으로 이동 중에도 마음 챙김 연습이 가능하다.

그가 말하는 명상은 일상적이다. 그래서 명상을 위해 수도원이나 사찰 같은 특정 장소에 갈 필요는 없다. 많은 시간을 따로 낼 것도 없이 그저 1~2분만 연습을 해도 좋다고 했다. 언제 어디서나 손쉽게 할 수 있는 게 마음 챙김 명상이다. 그저 가장 편안한 자세로 몸과 마음의 긴장을 풀어주면 된다. 하루 중 잠시라도 시간을 내어 마음 챙김 호흡을 하고 긴장을 몸과 마음 밖으로 내보낼 것을 권한다.

일에 중독된 현대인들은 진정한 휴식을 모르고 있다. 또한, 명상을 위해 홀로 있는 것이 문명과의 격리를 의미하지 않는다. 마음 챙김 명상을 위해 가장 먼저 해야 할 일은 지금 하고 있는 것을, 그것이 무엇이든 다 멈춰보는 것이다. 그리고 들이마시고 내쉬는 나의 호흡에 주의를 집중을 해보는 일이다. 깊이 호흡을 하며 바쁘게 이리저리로 달려만 가는 마음을 쉬게 하는 것이다. '진정한 홀로 있음'은 대주의 의견에 휩쓸리지 않고. 과거에 대한 슬픔, 미래에 대한 걱정, 현재의 강렬한 감정에 휘둘리지 않는 것이다. '쉬기 명상'이 쉽다고 하는데도 잘 안 되는 것은 익숙하지 않기 때문이다. 좋은 습관이 만들어지려면 연습을 해야 한다.

인생이 즐거워지자

　중국 천하를 통일하고, 불로장생 살고 싶어 불로초(不老草)를 구하려고 했고 만리장성을 쌓았던 중국의 '진시황제'

　로마의 휴일에 공주 역으로 데뷔하여 오스카상을 탄 아름답고 청순한 이미지의 '오드리 헵번'

　권투 역사상 가장 성공하고, 가장 유명한 흑인 권투 선수 겸 인권운동가 '무하마드 알리'

　연봉을 단 $1로 정하고, 애플을 창시하여 억만장자가 된 '스티브 잡스'

　그들은 모두 세상을 떠났습니다. 재산이 대략 13조 원으로 가만 있어도 매달 무려 3천억 원의 돈이 불어나는 삼성그룹 '이건희 회장'도 병상에 누워 아무것도 할 수 없습니다. 이렇게 화려하게 살다가 떠나간 사람 중 누가 부럽습니까? 현재 살아서 걸을 수 있고, 먹을 수 있고, 친구들과 대화할 수 있고 또 같은 취미로 즐기며 이렇게 사는 삶이 행복한 삶이 아닐까요?

　이왕 사는 거 즐겁게 삽시다. 인생관의 차이는 있겠지만 후회 없이 인생을 살려면

　첫째, 눈이 즐거워야 합니다.

눈이 즐거우려면 좋은 경치와 아름다운 꽃을 봐야 하며, 그러기 위해서는 여행을 자주 해야 아름다운 경치와 아름다운 꽃들을 많이 볼 수 있습니다. 여행은 휴식도 되고, 새로운 에너지를 충전하는 기회도 됩니다.

둘째, 입이 즐거워야 합니다.

입이 즐거우려면 좋아하는 맛있는 음식을 먹어야 합니다. 우리 몸을 유지하기 위해서는 우리 몸에 필요한 영양소를 골고루 섭취해야 하기 때문입니다.

셋째, 귀가 즐거워야 합니다.

귀가 즐거우려면 아름다운 소리를 들어야 합니다. 계곡의 물소리도 좋고, 이름 모를 새소리도 좋으며, 자기가 좋아하는 가수의 음악을 듣는 것도 귀가 즐거운 것입니다. 조용히 음악을 감상하는 것이 정서에 좋은 것이며, 음악을 즐기는 사람치고 마음이 곱지 않은 사람은 없습니다.

넷째, 몸이 즐거워야 합니다.

몸이 즐거우려면 자기 체력과 소질에 맞는 운동을 하여야 합니다. 취미에 따라 적당한 운동을 하면 건강에도 좋고, 몸도 즐거운데 저의 경우에는 간혹 콜라텍(무도장)에 가서 실버댄스(사교댄스)를 즐기곤 합니다.

다섯째, 마음이 즐거워야 합니다.

마음이 즐거우려면 남에게 베푸는 삶을 살아야 합니다. 가진 것이 많아서 베푸는 것이 아니고, 자기 능력에 맞게 베푸는 것입니다. 남에게 베풀 때 마음이 흐뭇해지며, 행복 호르몬, 엔도르핀이 분비되어 건강에도 좋습니다. 남을 칭찬하는 것도 하나의 베푸는 일입니다.

제14장
노래 댄스
악기

댄스스포츠의 이야기

생활체육 댄스스포츠는 운동신경과 관계없이 걸을 수 있는 사람이면 모두가 무리 없이 따라 할 수 있어 편안하게 즐길 수 있다. 즐거운 음악에 맞춰 하나씩 동작을 배우다 보면 정신 건강뿐 아니라 관절 건강에도 큰 도움이 된다. 댄스스포츠는 한 쌍의 남녀가 음악에 맞추어 함께 춤추며 정신적 즐거움과 육체적 건강, 사교 활동을 통한 예의범절 등을 익히는 건전한 스포츠다. 또한, 현대인에게 개인의 행복과 삶의 질을 높일 수 있는 여가 활동으로 평가받고 있다. 라틴 및 모던댄스를 모두 접할 수 있고, 다양한 연령층이 함께 모여 일상의 활력을 충전할 수 있는 댄스스포츠의 매력에 빠져 신바람 나는 인생을 즐길 수 있다.

서구의 궁중에서 시작된 댄스스포츠는 볼룸댄스 혹은 사교댄스라고 불린다. 크게 라틴댄스와 모던댄스로 나뉘는데 라틴은 자이브, 차차차, 룸바, 삼바, 파소, 총 5종류가 있고, 모던 또한 5종류로 왈츠, 탱고, 퀵스텝, 폭스트롯, 비엔나왈츠가 있다. 활동적이면서도 건강도 챙기고, 파트너에 대한 매너도 배우고, 누구든 음악에 맞춰 갱년기와 퇴직 후 찾아온 몸과 마음의 변화에 긍정적인 활력을 불어넣는다. 길게는 80대까지도 즐길 수 있는 스포츠다. 동작을 완벽하게 하려는 욕심을 버리고 흥겨운 음악에 몸을 맡기다 보면 일상생활까지 즐거워지고, 동작을 배우면서 척추를 곧게 펴고 바른 자세를 유지하다 보면 자세 교정에도 큰 효과를 볼 수 있다. 또한, 칼로리 소모가 많아 체중관리에도 좋고, 근력 강화와 혈액순환이 촉진돼 탄력 있는 몸매를 유지할 수 있다.

새로운 동작과 스텝을 익히면 자연스레 치매 예방에도 도움이 된다. 해방 이후 우리나라에 정착한 댄스스포츠는 한때 유흥문화와 불륜으로 치부되었지만, 지금은 상대방에 대한 매너와 배려를 함께 배우기에 손색없는 생활체육이다.

현재 댄스스포츠는 문화, 건강, 사교, 스포츠 등 다양한 분야에 자리를 잡고 있고 알수록 흥미롭다. 과거 댄스에 대한 편견 때문에 그 즐거움을 외면하고 사는 것은 불행한 일이다. 우리가 알고 있는 트로트는 4분의 4박자를 기본으로 하는 한국 대중가요의 한 장르이다. 20세기 초 서양에서 유행한 사교댄스의 연주 리듬인 폭스 트로트에 바탕을 두고 있다. 일본에서 고유 민속음악에 폭스 트로트를 접목한 엔카(演歌)가 유행했고, 그 뒤 1920년대 한국 대중가요가 이 영향을 받았다. 광복 이후 1970년대에 이르러 폭스 트로트의 4박자를 기본으로 하되, 강약의 박자를 넣고 독특한 '꺾기' 창법을 구사하는 독자적인 가요 형식으로 완성된다. 세미트로트, 댄스 트로트, 록 트로트로 다양하게 진화하고 있다.

1995년부터 댄스를 배워 동호인으로 시작해 현재까지 24년 댄스계에 몸담았던 필자가 그곳에서 얻은 지식과 경험을 독자와 함께 공유하며 얘기하고자 한다. '댄스' 얘기만 나오면 무조건 백안시하거나 손사래를 치거나 이상한 시선으로 쳐다보는 사람들이 많았다. 그간 우리나라에서 걸어온 댄스의 불행한 역사 때문이다.

그 역사에서 1950년 6월 25일 시작된 한국전쟁의 상흔이 아직 남아있던 시절인 1953년, 서울신문에 연재하던 정비석의 『자유부인』과 1955년 '박인수 사건'을 빼놓을 수 없다. 소설 『자유부인』은 대학교수의 부인이자 선량한 주부인 오선영이 남편의 제자와 춤바람이 나고, 유부남과 깊은 관계에 빠져 가정 파탄의 위기에 처한다는 내용이다. 당시 『서울신문』에 연재되어 선풍적인 인기를 누렸고, 그 후 영화로도 몇 차례 제작되었다. 『자유부인』의 연재가 끝나자 이 신문의 구독률이 엄청나게 줄었다. 실제로 정비석은 북한의 지령을 받아 남한 사회를 음란과 퇴폐로 물들여 적화 통일을 기도하지 않았느냐는 혐의로 경찰 특무대의 심문을 받기도 했다. 책으로도 출판되어 이 책은 사회적 물의를 일으켰다 하여 4 19 혁명 전까지 금서로 지정되었는데 일종의 컬쳐 쇼크였다.

'박인수 사건'은 『자유부인』이 불을 질러 당시 한참 유행하던 댄스를 미끼로 약 1년 동안 무려 70여 명의 여인을 농락했다가 구속된 사건이다. 『자유부인』은 상상의 소설이었으나 박인수 사건은 상상의 소설이 현실로 나타난 사건이었다. 그래서 파문이 컸다. 이 재판의 방청을 위하여 수많은 인파가 몰려들었다. 두 사건 등장인물이 대학교수 부인, 고등교육을 받은 신여성들이라 관심이 더 했다. 여성을 가정 파탄에 처하게 하고, 신여성들을 농락한 수단이 댄스였다는 것 때문에 댄스에 대한 이미지가 나쁘게 각인되었다. 유교적 사상이 강하던 시절, 남녀가 서로 만나서 손을 잡고 춤을 추는 세계는 별세계이자 충격이었다. 이 두 사건으로 남녀가 불륜을 저지르는 수단으로 춤이 화제가 되었다. 과연 춤이 무엇인데 선망의 대상인 대학교수나 신여성들이 그렇게 정신없이 빠져들고 쉽게 허물어지는가도 궁금했을 것이고, 사람들의 이중성을 보여주는 사건이다.

종로를 주름잡던 김두한 일대기를 다룬 드라마 『야인시대』를 보면 춤 이야기가 나온다. 한국전쟁 당시 피난 차 부산에 내려간 김두한 일당은 카바레를 급습하여 춤추던 남녀를 망신 주는 장면이 나온다. 전방에서는 국군이 적군과 피를 흘리며 싸우고 있는데 어두운 조명 아래 남녀가 부둥켜안고 음악에 맞춰 춤을 춘다는 것은 퇴폐적이라며 응징한 것이다.

또한, 1961년 5·16 쿠데타로 집권한 군부 정권은 정치 혁명 외에도 사회적 혁명, 도덕 혁명까지도 손을 댔다. 민심을 잡기 위해서는 폭력배 소탕, 불법 댄스 단속 등이 명분이 좋았다. 그 당시 신문 사회면에 장바구니 여인네들이 단속에 걸려 얼굴을 가리며 줄줄이 경찰서로 향하는 사진이 종종 공개되었고, 당시 흑백 TV의 저녁 뉴스 시간에도 방영되었다. 사람들은 당연히 댄스는 퇴폐적인 것이며, 기피해야 할 문화라고 생각하게 되었다.

1980년대에 부부 볼룸댄스로 새로 등장한 댄스스포츠 열풍은 거셌다. 각 유명 백화점 문화센터에 부부 볼룸댄스를 가르치는 프로그램이 생기고 대학교, 평생 교육원에도 댄스스포츠 과정이 생기기 시작했다. 아시안게임 같은 국제 스포츠 대회에도 채택되었다. 사람들의 댄스를 바라보는 시각이 바뀌기 시작한 것이다. 그간 퇴폐적인 것으로 생각했으나 정작 해보니 건전한 스포츠이자 취미로 잘 맞아떨어졌던 것이다.

이때부터 우리나라 댄스는 그동안 어두운 시절을 겪었던 사교댄스와 새로 주목받는 댄스스포츠로 양분되어 발전했다. 사교댄스는 지르박을 중심으로 한 춤으로 미군에 의해 이 땅에 들어왔으나 불법이라는 이유로 단속을 당하다 보니 숨어서 나름대로 유지되면서 한국식으로 진화했다. 그러나 댄스스포츠는 초기에 스포츠댄스로 소개되면서 스포츠라는 명분을 지니게 되었다. 1995년에 IOC(국제올림픽위원회)에 가입하고 올림픽 정식 종목으로 추진하면서 댄스스포츠로 개정되었다. 댄스스포츠는 밝은 조명 아래 넓은 플로어에서 춤을 추다 보니 퇴폐라는 오명에 대해 의구심을 갖게 된 것이다.

그 당시는 부부댄스가 중심이었으나 지금은 부부가 아닌 직장인 중심의 취미 교실 내지는 생활체육으로 분위기가 바뀌었다. 막상 댄스스포츠가 새로운 모습으로 붐을 이루다 보니 사교댄스도 덩달아 나쁠 것이 없다는 인식이 퍼져나가기 시작했다. 댄스스포츠는 스포츠 종목이라서 어느 정도 체력이 필요하다 보니 중장년까지는 무난하지만, 노년이 즐기기에는 다소 힘겨운 편이다. 그래서 노년층은 사교댄스가 오히려 적당하다는 추세로 가고 있다. 체력을 많이 요구하지 않으면서도 춤을 춰서 즐겁고, 리듬 감각을 익힐 수 있기 때문이다.

요즘 번화가엔 콜라텍(전에는 무도장이라고도 했다.)을 어렵지 않게 찾을 수 있는데 이곳에 출입하는 실버들은 애국자이다. 노년기의 건강면을 보면 정신 건강면과 신체 건강면으로 구분된다. 노년기의 특징은 우울증, 불안감, 불면증, 상실감 등 정신적 질환을 앓고 있는 노인들이 많고, 얼굴에 표정이 없고 말수가 적고 사람들과 소통하기보다는 혼자 있기를 좋아한다. 신체 건강면 특징은 순발력이 떨어지고 민첩성이 부족하고, 신체 적응력이 떨어진다. 그래서 동적인 것보다는 정적인 것을 좋아하게 된다. 나이가 들면 등산이나 운동량이 큰 운동은 엄두도 내지 못한다. 관절이 약해서 격하다 싶은 운동은 엄두도 내지 못한다.

　그래서 실버들에게는 의도적으로라도 동적인 운동을 하도록 권하고, 음악과 함께하는 운동을 하도록 해야 한다. 그리고 혼자가 아닌 상대가 있는 운동을 하도록 하여 외롭지 않고 쓸쓸하지 않게 소속감을 느끼도록 해야 한다. 우리 세대의 기대 수명이 100세라고 하지만 기대 수명 100세가 중요한 게 아니라 건강하게 사는 건강 수명이 중요하다. 죽는 날까지 건강하게 살다가 가는 일이 중요한 것이다.

　콜라텍에 오면 마약에 접한 듯 걱정 근심 없이 즐겁게 시간을 보낼 수 있다. 그 이유는 춤과 음악의 위력인 것이다. 끊임없이 흘러나오는 음악이 때로는 부드럽게, 때로는 흥겹게, 때로는 감미롭게 내 마음을 안정시키고 힐링을 시켜주기에 이곳에 오면 아무런 걱정 근심이 없어진다. 그저 리듬과 박자에 몸을 움직일 뿐이다. 다양한 음악이 마음을 치유해주는 것이다. 그래서 음악과 함께하는 운동을 하면 정신적 힐링까지 덤이다.

그리고 노년에 접어들면 우울증을 호소하는 사람들이 많다. 사별한 외로움, 자식들의 무관심, 건강 문제, 경제적 빈곤 등 여러 고민으로 우울증에 빠지게 한다. 자식들이 떠나고 노인 부부만 빈집을 지킨다 하여 빈집 증후군을 앓게 된다. 인생이 허무하고 그동안 나는 무엇을 하였나 하는 허탈감에 빠지게 된다. 그러나 춤을 추고 나면 우울증은 오지 못한다. 우울증으로 병원에 가면 의사들 처방은 한결같이 기분전환을 하는 춤을 배우도록 권장을 한다. 춤을 배우고 사람들과 어울리면서 우울증은 바람과 함께 사라지는 경험을 하게 된다. 치매도 걸릴 염려가 없다. 신나는 음악을 들으며 박자를 맞추려고 머리를 쓰고 노력하다 보면 기억력 증진에도 좋고, 치매가 넘보지 못한다.

춤의 좋은 점

첫째, 음악과 함께하니 신체 운동뿐 아니라 정신 힐링이 되어 나이가 들어 생기는 우울증이나 불면증 등 정신 질환이 치유되어 좋다.

둘째, 나이가 들면 사람들과 어울릴 기회가 없고 혼자 있기를 좋아하는데, 춤을 추면서 많은 사람과 소통하게 되고 관계를 통하여 친밀감과 소속감이 생겨서 외롭지 않아 좋다.

셋째, 나이가 들면 정적인 것을 좋아하는데 춤을 통하여 신체 표현활동이 활발하게 되어 신체 적응력이나 민첩성, 순발력이 좋아져서 더없이 좋다.

넷째, 경제적인 운동이다 보니 아주 저렴한 비용으로 춤을 출 수 있어서 나이 든 사람들에게 아주 좋다.

다섯째, 수명이 가장 긴 운동이다. 나이가 들어도 걸을 수만 있으면 할 수 있는 운동이다 보니 가장 늦은 나이까지 운동이 가능하다.

여섯째, 콜라텍 안은 더운 여름에는 시원해서 피서 가기도 좋고, 추운 겨울에는 따뜻하고 시간 제약을 받지 않아 장시간 즐길 수 있다. 많이 놀아서 다리가 피곤하면 앉아서 앞에서 노는 사람들의 춤을 감상할 수도 있다.

일곱째, 보통 콜라텍은 번화가에 있어 등산이나 골프를 치기 위해서 등 멀리 가는 일이 없기에 접근성이 뛰어나다.

지금 열거한 것보다 좋은 점이 많아 일일이 하나하나 옮기지 못하나 노년을 행복하게 보내려면 춤을 배워 추라고 권유한다.

고정적이고 편협한 사고방식에서 벗어나 모두가 춤을 배우고, 춤을 추어 건강하고 행복한 노년 생활을 보내라고 권유하고 있다. 30분 걷기 운동보다 30분 춤을 추면 도파민 호르몬이 왕성해져 운동중추와 오감이 생성된다. 특히 춤 중에서 탱고를 추면 깡충깡충 뛰기 때문에 블루스나 지루박(jitterbug)보다 에너지 소모량이 더 많다. 게다가 음악을 듣고, 생각하고, 따라 하니까 근력이 생겨 좋다고 한다. 춤을 추면 음악이 있어서 엔도르핀이 나와서 젊어지고, 상대가 있어서 즐겁게 소통하고 친밀감을 느끼게 되어 외롭지 않다. 그리고 무엇보다도 현재 지역에 따라 천 원이나 이천 원으로 입장하니 경제적인 운동이라 할 수 있다. 부담이 가지 않아 노년기에 가장 적합한 운동이니 춤으로 노후보험을 들으라고 한다. 춤을 배워 춤을 추면 노후 대책은 준비가 끝난 것이다.

실버들의 놀이터인 콜라텍 하면 그동안 이미지가 부정적인 면이 연상되고 콜라텍을 다니는 사람도 수준이 저급하다고 생각들 한다. 그러나 콜라텍 예찬론자인 내가 지금까지 지켜본 바로 이런 사고는 구시대 사고라고 말하고 싶다. 지금은 밝아지고 얼마나 투명해진 곳인지 모른다. 수많은 연령이 함께 소통하고 어울리면서 즐겁게 춤을 추는 곳으로 변신하였다. 국가에서 세제 지원도 해주고, 노인복지 차원에서 정책적으로 지원을 해준다고 한다. 각양각색의 사람들이 모여서 춤이라는 운동을 통하여 자신만의 삶을 젊게 살아가고 있다. 자신이 춤을 추는 것을 당당하게 밝히고 떳떳하게 살아가고 있는 모습이 보기 좋고, 춤을 추는 사람들은 건강해야 춤을 출 수 있기에 모두가 활력이 넘치고 건강미가 넘쳐났다.

콜라텍에 오는 실버들은 모두 애국자다. 병원에 가지 않고 건강하게 자기 몸 관리를 하니 건강보험료를 축내지 않아 애국자다. 과거 음성적이던 시절의 춤이 아닌 양성적인 시절의 춤을 새롭게 인식하여 허접한 것도 아니고, 정말 우리 실버 세대들에게 가장 중요한 취미이자 여가를 보내는 가장 훌륭하고 매력적인 춤이라는 것을 알고 열심히 춤을 배워서 자신 있게 사람들을 만나 춤을 추는 것이 노년의 인생을 행복하게 보내는 지름길이라고 권한다.

노래의 사연

각 노래에도 스토리가 있기에 내용을 알고 노래를 하면 감정처리에서 도움이 된다. 노래에 대한 사연 중 몇 가지 소개한다면 「단장의 미아리고개」는 1957년에 나왔다. 여기서 단장(斷腸)이란 "몹시 슬퍼서 창자가 끊어지는 듯하다."라는 뜻이다. 1950년 6월 25일 북한의 기습 남침(南侵)으로 낙동강까지 밀려서 후퇴했던 국군은 9월 15일 유엔군의 인천상륙작전을 계기로 반격을 개시했고, 이때 퇴각하던 북한군은 애국지사, 저명인사, 공무원 등 무려 8만 명을 끌고 갔다. 이들을 납북자(拉北者)라 부른다.

「굳세어라 금순아」는 1953년에 나왔고, 1950년 12월의 흥남철수를 배경으로 한 노래다. 서울을 되찾고 압록강까지 진격했던 국군과 유엔군은 중공군의 기세에 밀려 후퇴하게 되고, 동부전선의 미 10군단 병력은 퇴로가 차단돼 함경남도 흥남항에서 바닷길로 후퇴할 수밖에 없었다. 이때 10만 명에 이르는 북한 주민이 미군함정에 승선해 부산항으로 피난하게 된다. 이처럼 공산 치하에서 탈출해 남쪽으로 내려온 수백만 명의 북한 출신 주민을 고향을 잃어버린 사람들이란 뜻에서 실향민(失鄕民)이라 불렀다. 한 많은 대동강은 1958년 작으로 고향에 가고 싶어도 갈 수 없는 이들의 애통함이 담긴 노래 중 하나인데, 가사에 대동강, 모란봉, 을밀대 등 평양의 명승지들이 등장한다.

　망국의 비애를 담은 1928년 작 「황성옛터」, 광복 이전 국민의 한을 어루만져준 1936년에 나온 「목포의 눈물」은 우리가 가진 것 중 가장 아름다운 것, 선물 같은 것이 음악이다. 음악을 통해 느꼈던 마법 같은 순간을 함께 나눈다. 음악에는 사람을 치유하는 능력이 있어 음악이 사회를 치유한다. 사람을 화합하고 결속시키는 것은 음악가와 아티스트의 중요한 임무다. 작곡가는 악보와 거기서 나오는 소리로 자신의 가장 소중한 메시지와 인생 전체를 노래하는 사람들이다. 거창한 철학이 아닌 웃음과 농담까지 음악으로 그려낼 수 있었던 그들의 여유와 자신감이 부럽다.

핸드폰 기능을 배우자

요즘 사회는 핸드폰이 없으면 생활하는 데 어려움을 겪을 만큼 없어서는 안 된다. 나 역시 수업이나 일상의 얘기를 사진이나 영상으로 찍어 그날의 기록을 남기는 게 습관화되어 기회가 되면 카메라를 들이댄다. 나중에 다시 돌려보면 나의 부족한 부분이 눈에 띄어 많은 참고가 되고, 발전하는 모습을 보면 어렵게 해나왔지만 참 잘했다는 생각이 들 때도 있다. 나에게 있어 핸드폰은 꼭 필요한 문명의 이기(利器)다. 하지만 하루 종일 핸드폰을 껴안고 본인의 일보다 정신 팔려있는 경우가 많다. 지하철 안에서도 거의 다 책보다 핸드폰을 들여다보는데, 시대의 한 장면이기도 하여 씁쓸하기도 하다. 사실 요즘 핸드폰은 기능이 아주 많아 신기하기도 하나 실제 이 많은 기능 중에는 우리 노인들이 알고 있는 것은 몇 개에 불과하다.

영국의 한 대형 외식업체가 식사할 때 휴대폰을 보지 않으면 어린이 메뉴를 공짜로 제공하기로 한다고 했다. 외식을 나온 가족이 밥 먹는 시간만이라도 휴대폰을 멀리하고 대화를 나누라는 취지다. 모든 테이블 옆에 바구니를 비치해 손님이 자리에 앉으면서 바구니에 휴대전화를 넣어두면 어린이 메뉴는 무료로 제공한다. 회사 측은 "휴대폰 때문에 귀중한 가족들의 식사시간이 망가지는 것을 막아보자는 뜻이다."라며 "손님에게 강요하지는 않겠지만, 가급적 동참할 것을 권유할 예정이다."라고 밝혔다. 가족이 식사할 때조차 휴대폰에 정신을 빼앗기는 것은 현대사회의 한 병리현상으로 지적되고 있다. "식사 중 휴대폰을 멀리하고, 장소와 시간에 맞춰 휴대폰을 사용하는 법을 자녀에게 가르치는 것이 좋은 교육이 될 수 있다."라고 말했다.

그리고 성능 좋은 스마트 폰도 몇 개월 지나면 오작동될 때가 있다. 여러 가지 애플리케이션을 설치하면서 원치 않는 부수적인 것들이 함께 들어오는 것이다. 그 여파 때문인지 속도도 느려지고, 기기의 온도도 자주 올라가고, 배터리도 일찍 소모된다. 심한 경우엔 화면이 멈춰서고 기능이 작동되지 않는다. 스마트폰을 보면서 인생도 이와 비슷한 점이 많다는 생각이 든다. 사람들을 만나고 갖가지 일을 하면서 삶은 희로애락(喜怒哀樂)의 한복판을 가로지르며 많은 스트레스에 시달린다.

스마트폰의 온도가 높게 올라가고 배터리가 일찍 소모되는 것처럼 스트레스가 과도하게 쌓이면 혈압이 높아지고 심신을 지탱하는 에너지도 그만큼 일찍 떨어진다. 무엇보다 그대로 방치하면 스마트폰의 먹통처럼 큰 병에 맞닥뜨릴 수 있다. 스마트폰 센터는 백신프로그램을 설치하여 수시로 점검할 것을 권장한다. 그러나 그것보다 더 중요한 것은 '3일 정도에 한 번씩 초기화 작업을 해주면 좋다'는 것이다. 이렇게만 해도 불필요한 쓰레기가 상당히 비워지고 정리정돈이 된다고 한다. 예를 들어 메모리 사용량이 500이라고 할 때

정리 작업을 하면 400 정도로 떨어지는데 전원을 끄고 다시 켜면 300까지 떨어진다.

그래서 여기서 얘기하고자 하는 것은 삶도 스마트폰의 초기화 작업처럼 힐링이 필요하다. 운동, 영화 관람, 산책, 독서, 음악 감상, 대화 등 무엇이든 좋다. 잠시 쉬어가며 삶을 돌아볼 수 있다면 그것으로 충분하다. 중요한 것은 틈틈이 삶의 초기화 버튼을 눌러줘야 한다는 것이다. 그래야 여유가 생기고 다시 새롭게 갈 수 있다. 요즘은 주변의 문화센터에서 핸드폰의 편리한 기능을 가르쳐주는 곳이 많아 바쁘게 사는 자녀들에게 자꾸 물어보는 것보다 시간이 되는 사람은 방문하여 배울 수 있는 기회가 많아졌다.

제15장
기타 등등

겸손의 옷을 입은 사람

　로렌스 형제가 노(老)수도사가 되었을 때, 말썽 많기로 소문난 수도원에 원장으로 임명되었다. 그가 수도원의 문을 두드리자 자신의 신분을 애기 안 하니 몰라보고 젊은 수도사들이 나와서 그에게 대뜸 "어서 식당에 가서 접시를 닦으시오."라고 말했다. 처음 들어온 수도사에게 그런 일을 맡기는 것이 전통이었던 모양이다. 그는 "네."라고 대답하고 곧장 식당에 들어가 한 달, 두 달, 석 달이 지나도록 계속 접시를 닦았다. 젊은 수도사들은 백발이 성성한 그를 무시하며 구박했다. 어느 날 감독이 순시 차 수도원에 들렀다. "원장님은 어디 가셨는가?" 수도사들이 대답했다. "원장님은 아직 부임하지 않으셨습니다." 그러자 감독이 깜짝 놀라며 말했다. "아니, 그게 무슨 소린가? 내가 로렌스 수도사를 3개월 전에 원장으로 임

명에서 여기로 보냈는데!" 감독의 말에 젊은 수도사들이 아연실색
했다. 그들은 그 즉시 식당으로 달려가 로렌스 앞에 무릎 꿇었다.
수도원장으로 부임했으면서도 묵묵히 접시를 닦으며 궂은일을 감
당한 그의 지극히 겸손한 모습에 모두가 감동한 것이었다. 이후로
그 수도원은 모범적인 수도원이 되었다고 한다. 교만한 마음을 갖
지 말고 자신을 낮추는 것은 사람의 마음을 감동시킨다. 겸손의
옷을 입고 이웃을 섬기자.

『행복한 만남』 김호진

나의 수업

이 글을 지금 쓰고 있는 나는 매일같이 요양원 주간보호센터 경로당에서 수업을 하고 있다. 수업의 내용은 우선 노래 부르기. 나의 노래 솜씨는, 아는 사람은 다 알지만, 수준 이하다. 하지만 못한다고 기죽지 않는다. 못하면 못하는 대로 부르면 된다. 잘 부르면 좋지만, 워낙 노래엔 소질이 없다. 어르신들도 거기엔 크게 관심이 없기에 사회를 잘 보면 된다. 사회를 볼 때도 웃으갯소리를 해야 그나마 웃으시는데, 항상 써먹는 소재는 썰렁하여 새로운 소재를 발굴하기 위해 모든 미디어를 찾고 공부해야 한다. 여러 종류의 책을 봐야 하고 머리에 스치는 소재가 있으면 자다가도 벌떡 일어나 메모를 한다. 나의 메모 습관은 이면지를 수첩 크기로 잘라 갖고 다닌다. 즉시즉시 메모하지 않으면 바로 잊어버리기 때문이다.

그리고 의상도 중요하다. 상식적인 얘기이지만 깨끗하고 화려한 의상이 필요하다. 얼마 전에 덕양구에 있는 한 주간보호센터에 첫 수업을 갔는데, 나중에 알았지만 여성원장이 나의 차림새를 보고 조금 의아해 했었다. 그리고는 밑에 바지는 괜찮은데 윗옷은 좀 그렇다는 얘기를 들었다. 사실 그때는 머리가 상당히 길었고(머리를 베토벤같이 길려고 했다), 상의도 좀 칙칙한 색상이라 그렇게 얘기했다고 나름 좋게 생각했다.

대개 모이시는 어르신들은 장소에 따라 10~50명 정도이고, 노래 뿐만 아니라 나의 경우 하모니카, 아코디언 연주와 마술도 곁들인다. 수업은 요양원과 주간보호센터는 일주일에 12군데 정도 다니고, 각 수업시간은 40분이다. 경로당은 1시간 정도 하지만 조금 길어질 때도 있다. 또 일주일 중 하루는 문화센터에서 하모니카 강습하고, 현재는 고양시의 한 중학교에서 하모니카로 수업에 들어간다.

장애인 활동보조 실습

전에 장애인 보조 활동 지원사 실습을 나갔는데 이용자는 32세의 젊은 청년이었다. 수년 전에 인테리어 회사에 근무하다가 높은 곳에서 떨어져 척수를 다쳐 어깨 밑으로는 움직일 수 없는 1급 장애인이 되었다. 그나마 다행인 것은 양팔은 부자연스럽지만, 손은 조금이라도 겨우 움직일 수 있어 보조기구를 써서 혼자 식사를 할 수 있다는 것이다. 옆에서 지켜보면 핸드폰을 가지고 게임을 즐겨 하는 것이 유일한 취미인 것 같다. 성격은 좋아 불평 없이 잘 지내기에 긍정적으로 살아가는 것 같다.

장애인 돌봄 지원사는 이용자의 가사 활동, 신체 활동, 사회 활동을 돕기에 주어진 시간 내내 옆에서 불편함이 없나 지켜보고 도와주어야 한다. 방 안 정리나 청소, 식사 수발, 목욕, 용변을 도와주고, 외출 시 옷을 입히거나 병원에 갈 때 장애인 콜택시를 불러 함께 병원에 가서 재활치료를 하는 데도 도움을 준다. 나의 장애인 돌봄 지원은 음악이나 악기를 배우고 싶은 장애인에게 다가가 가르쳐주면 나 역시 힐링이 되고 얻는 것이 더 많을 것 같다.

4월 20일은 장애인의 날이다. 장애인 차별을 철폐하고 장애인에 대한 이해를 깊게 하며 사회의 약자들에 대한 편견이 생기지 않게 하고, 장애인의 재활 의욕을 고취하기 위해 제정된 기념일이다. 장애인과의 더불어 삶과 자립을 다룬 점에서 한 걸음 더 나아갔다.

존엄사

　우리나라는 고령화가 빠른 속도로 진행하면서 통계청과 건강보험 공단에 따르면 요양병원과 요양원에서 지난해 사망자가 30만 명에 육박했다. 적지 않은 노인이 요양병원이나 요양원에서 노인성 질환을 앓으며 말년을 보내다 생을 마감한다.

　지난해 2월 연명 의료를 중단하거나 유보(일명 존엄사)할 수 있는 길이 열렸다. 인공호흡기, 심폐소생술, 혈액 투석, 항암제 투여, 수혈, 승압제(혈압 높이는 약), 에크모(체외 생명 유지술) 등을 중단하게 되어 품위 있는 마무리를 하게 됐다.

　그러나 요양병원과 요양원은 여전히 존엄사 사각지대에 놓여있다. 연명 의료 중단을 선택하고 싶어도 그럴 수 없게 되어있다. 환자는 대학병원에서는 3주 이상 입원할 수 없고, 대형병원이 장기 입원에 적합하지 않아서다. 수술을 하고 입원한 채로 누워있는 환자는 경영상 이익이 없기에 퇴원을 시킨다. 그러다 보니 큰 병원을 돌다가 어쩔 수 없이 요양병원에 들어간다.

　이런 일이 생기는 이유는 의료기관 윤리위원회가 없는 병원은 연명 의료를 중단할 수 없기 때문이다. 이는 5명 이상, 20명 이하로 구성하되 의료인이 아닌 종교계, 법조계, 윤리학계, 시민단체 등의 추천을 받은 2명을 포함하게 되어있는데, 이게 말처럼 쉽지 않다.

자체적으로 만들지 못하면 공용위원회(현재 9개 대학병원)에 위탁하면 되지만 연간 200만 원(협약료)을 내야 한다. 요양병원 입장에서 득이 될 게 별로 없는데 굳이 200만 원을 부담해서 공용윤리위원회에 위탁해 연명 의료 중단을 하려고 들지 않는다.

요양병원에서 연명 의료 중단을 못 한다고 큰 병원으로 가라고 하지만 어느 병원도 연명 의료 중단을 위해 환자를 받아주지 않고, 요양병원이 정부의 시스템에 들어갈 권한이 없다.

잠시 쉬어가자

러시아 작가 톨스토이의 『부활』은 10년 끝에 완성됐다. 이 소설은 자신의 탐욕으로 파멸에 이른 '카츄샤'의 판결에 우연히 배심원으로 갔다가 극심한 도덕적 가책을 느낀 '네흘류도프'가 그녀를 구제하기 위한 여정 속에서 깨닫게 되는 인간에 대한 사랑을 깊게 다루고 있다.

어느 날 카츄샤는 불볕더위 속에 수백여 명의 죄수들과 시베리아 감옥으로 이송된다. 이 과정에서 여러 죄수가 일사병으로 목숨을 잃는다. 하지만 순경, 호송병, 파출소장 등 어느 누구도 슬퍼하지 않는다. 이동 경로에 있었던 네흘류도프는 죄수들의 죽음은 살해와 다름없는데 누가 그들을 죽게 했는지 아무도 모른다고 생각했다. 그러다가 교도소장 이하 모든 관계자가 선량하고 착한 사람들이지만, 공직에 있다는 이유만으로 나쁜 일을 저지르게 됐다고 생각했다. 그들은 죄수들을 정해진 시간 안에 정해진 장소로 이동시키는 것이 목표의 전부였다. 그들은 감옥에만 있던 죄수들이 뙤약볕에 장시간 노출될 경우 어떤 어려움을 겪게 될지는 안중에도 없었다. 다만 지체되는 시간이 걱정스러울 뿐이었다.

톨스토이는 네흘류도프의 입을 빌려 이렇게 말했다.

"해악 없이 음식을 유익하게 섭취할 수 있는 건 식욕이 있을 때

뿐이다. 그렇듯이 해악 없이 유익하게 인간과 사귈 수 있는 건 사랑이 있을 때뿐이다."

우리 주변에는 사랑 때문에 떠난 사람이 많다. 사람과 연결된 모든 일은 사랑이 필요하다. 우리가 하는 모든 일도 마찬가지이고, 언제 어디서든 사랑은 꽃처럼 피어나야 한다.

나는 1950년의 6·25전쟁을 겪지는 않았지만, 치열한 전쟁의 끝인 1953년 휴전을 할 당시에 태어났기에 우리 세대는 어렸을 때부터 거의 굶주려 살아왔던 기억이 어렴풋이 기억이 난다. 그래서 그때의 전쟁에도 관심이 많다.

미국 34번째 대통령 드와이트 D, 아이젠하워, 그는 2차 세계대전 당시 연합군 최고사령관으로 재직했고, 서부전선에서 노르망디 상륙작전을 지휘했다. 1952년 12월 대통령 당선자였던 그가 한국에 왔다. 아이젠하워의 외아들 존 소령은 당시 중부 최전선에 있었다. 그는 밴 플리트 미 8군 사령관에게 공개 석상에서 아들을 후방으로 옮겨달라고 부탁했다. 밴 플리트는 경악했고 몹시 거북스러워했다. 아이젠하워는 "아들이 죽는다면 가문의 영광으로 생각하겠으나 대통령 아들이라는 입장에서 적의 포로가 되면 인질 협상 등으로 지휘관의 작전 수행에 많은 어려움이 생길 것이다."라며 예방 조치를 요청했다. 아이젠하워의 깊은 뜻을 헤아린 밴 플리트는 흐뭇하게 그의 아들을 즉각 후방에 배치했다.

한국전쟁에는 142명의 장성 아들이 참전했고, 이 중 35명이 전사, 실종, 부상 등을 당했다. 밴 플리트 사령관도 결혼 10년 만에 얻은 외아들 지미 밴 플리트 2세 공군 중위를 잃었다. 휴전 당시 유엔군 사령관이었던 마크 클라크 대장도 아들 마크 빌 클라크 육군 대위를 잃었다. 그의 아들은 금화전투에서 부상 당해 그 후유증으로 사망했다. 코리아가 지도상 어디에 있는지 그 존재감은 아련했다. 그래도 필리핀, 에티오피아 등 16개국 젊은이들은 가족과 헤어져 숭고한 피를 아낌없이 흘렸다.

세상에 이런 공짜도 있다

우리는 공짜를 좋아한다. 실제 이 세상에는 공짜가 없는 것 같지만, 독일에 가 본 사람은 알겠지만, 독일의 고속도로는 고속도로 통행료가 없다. 맨해튼의 수돗물 값도 없다. 로마 시대의 유적지를 돌아보면 가장 감탄할 부분은 치수(治水) 능력이다. 고지대의 언덕까지 물을 끌어올리는 상수도를 설치하여 맑은 물을 공급하는 공학적인 설계 능력이었고, 맑고 깨끗한 물이 없으면 인구 밀접한 도시는 성립할 수 없다. 돌로 만든 상하수도 시설이 로마 문명이 지녔던 치수 능력을 한눈에 보여주었다. 치수의 범위에는 홍수 조절도 있지만, 더 근원적인 부분은 상수도 시설이다.

뉴욕 맨해튼은 수돗물이 맑고 깨끗해서 정수기 없이도 바로 먹을 수 있다. 그런데 더 놀라운 사실은 수돗물값을 받지 않고 공짜다. 록펠러가 맨해튼의 수도 요금을 미리 냈기 때문에 앞으로도 200년은 공짜라는 추측이 있다. 그래서 주민들에게 매달 가스비, 전기료는 받아가지만, 수도료는 청구하지 않는다. 그러나 맨해튼만 무료이지, 맨해튼 밖의 외곽 지대는 싸지 않은 물값을 받는다. 아마 록펠러가 살던 시절에는 외곽에 사람이 안 살았기 때문일 것이다.

"너희 상처를 별로 만들어라."라는 서양 속담이 있다

영어로 보면, 상처와 별은 철자 하나 차이이다. 'Scar'와 'Star'이다. 아름다운 진주란, 조개에 상처가 생기면서 그 상처와 씨름하는 과정 속에서 만들어진다. 상처가 없이는 영롱한 빛을 발하는 아름다운 진주가 만들어지지 않는다는 것이다. 상처는 분명 아프고 고통스러운 것이지만, 상처에 대한 반응에 따라 우리 인생이 달라진다는 것을 기억하자.

우리는 잘 늙어가기 위해서는 먼저 마음가짐부터 달라져야 한다. 이전에는 바쁘다는 이유로, 젊다는 이유로 아무 생각 없이 살아왔다면 시간도 많아지고, 조금은 성숙해진 지금부터는 신중하게 생각하려는 마음을 가져야 한다. 우선 자신을 돌아봐야 한다. 나는 다른 이들에게 좋은 사람일지, 사람은 개인마다 다른 취향과 개성을 가지고 있다. 하지만 우리가 좋아하는 사람, 배우고 싶은 사람, 되고 싶은 사람들에게는 어떤 공통점이 있다. 그중 몇 가지만 꼽아본다면 후한 사람, 착한 사람, 이야기를 잘 들어주는 사람, 예의 바른 사람, 잘 웃는 사람, 재미있는 사람 등이 있을 것이다. 사람이라면 누구나 좋은 사람이 되길 바랄 것이고, 우리도 가능한 이런 모습으로 늙어가길 바라며, 또 그래야 한다. 그러기 위해서는 품어야 할 마음과 버려야 할 마음이 있다.

먼저 어떤 생각과 마음을 품는 게 좋을까? 첫째, '나는 늙었다', '우리는 늙고 있다', '언젠가는 결국 죽는다' 등의 진리를 아주 흔쾌히 받아들이는 것이다. 즉 '수용'의 마음가짐을 가져야 한다. '늙었다', '어르신', '죽음' 등의 단어가 나오면 예민하게 반응하는 사람들이 있다. 그들은 쉼 없이 흘러가는 생체시계를 부정하며 자신은 예외라고 말하고, 그렇게 믿고 있다. 하지만 자연의 순리를 거스르는 것은 불가능하다. 생로병사(生老病死)는 모든 생명체에게 주어진 거부할 수 없는 운명이자, 철칙이다. 자신이 쥐고 있던 것들도 내려놓아야 한다. 천하장사도 힘을 잃고, 절세의 미인도 늙고, 또한 앉아 있던 자리에서도 내려오게 되며, 이 모든 것이 자연스러운 일이다.

둘째, 모든 일에 감사하는 마음이다. 하루를 마감하며 오늘의 감사 일기를 쓰는 것인데, 이것은 사명감과 부지런함이 선행되어야 한다. 유언장 대신 이 일기를 남기는 것 또한 보람찬 일이 될 것이다.

셋째, 불쌍히 여기는 마음이다. 살아가면서 주위 사람들에게 실망도 하고, 아쉽기도 하고, 화가 날 때가 참 많다. '왜 저럴까', '왜 저렇게밖에 못할까' 하는 마음이다. 그런데 이런 마음은 본인뿐만 아니라 결국 주위 사람들도 힘들게 한다. 배우자가 속을 썩일 때면 미운 마음에 말과 행동이 거칠어지고, 원망하게 된다. 비록 젊은 날의 생기는 사라졌지만, 현재 일구어놓은 가정을 바라보며 서로 기댈 수 있는 마음가짐을 가져야 한다. 그들은 나 때문에, 혹은 우리 때문에 무언가를 포기하고 양보한 사람들일지 모른다. 따라서 주위 사람들을 불쌍히 여기고, 감사하는 마음을 가져야 한다. 상대를 불쌍히 여기면 잘해주고 싶고, 모든 일이 쉽게 용서된다.

넷째, 용서하는 마음이다. 신이 인간에게 주신 가장 큰 선물은 다름 아닌 '망각'이라고 한다. 잊어야 할 것은 잊고 살라는 얘기다. 그런데 인간은 잊어야 하는 것은 잊지 않고, 잊지 말아야 할 것은 잊어버린다는 것이다. 만약 우리가 망각을 제대로 사용했다면 우리에게 상처를 준 사람, 아픈 기억, 나쁜 일은 잊어버리고, 우리에게 무언가를 베푼 사람들의 은혜나 훌륭한 말씀, 진리 등은 잊지 않을 것이다. 이제는 모두 용서하지 않으면 미움은 타인뿐만 아니라 나 자신도 황폐하게 만드는 것이다. 최고의 복수는 용서라는 말이 있듯이 멋지게 용서하자.

다섯째, 사랑하는 마음이다. 고대 그리스에서의 사랑은 에로스로 불렸는데, 이것은 육체적 사랑에서부터 진리에 이르고자 하는 동경, 충동까지를 포괄한다. 그리스도교에서의 사랑, 즉 아가페는 인격적 교제(이웃에 대한 사랑)와 신에 대한 사랑을 강조하며, 이것을 최고의 가치로 삼아 자기 희생에 의하여 도달하게 된다고 한다. 사랑은 젊은이도, 늙은이도 아무런 차이 없이 할 수 있다. 다만 우리에겐 사랑을 할 수 있는 시간이 점점 줄어들고 있으니 더 많이 사랑하고 살아야 한다는 점이 중요하다. 물론 받는 사랑보다는 주는 사랑이어야 한다.

여섯째, 긍정적인 마인드이다. 모든 사물을 긍정적으로 보고, 긍정적으로 받아들이는 것이다.

혹시 당신은 어떤 사람이나 사물을 대할 때 일단 무시하고, 깎아내리고, 비판하는 성향을 가지고 있지 않은가? 대상에 대해 좋은 점을 발견하는 것이 중요하다. 고슴도치도 제 새끼는 예쁘다고 한다. 얼굴에 생긴 주름을 보고 늙음을 한탄하기보다는 내가 살아온 길의 훈장이라고 생각해보자. 마음이 한결 편안해지고 여유로워질 것이다. 모든 것을 긍정적으로 보는 마음가짐은 정말 중요하다.

일곱째, 스스로를 고귀한 존재, 귀족과 같은 존재로 생각하라. 좋은 집안에 태어나고, 일류 대학을 나오고, 부자가 되는 것은 운도 따라야 하고, 또 이루기도 쉽지 않다. 하지만 상상하고 생각하는 것은 내 마음대로 할 수 있다. 나 자신을 훌륭하다고 생각하자. 그리고 스스로를 소중하다고 생각하자. 그러면 그런 행동이 자연스럽게 나타난다. 의식 속에서만이라도 일류 인생을 살아보자는 것이다.

우리는 대개 상대의 직업이나 체격, 말이나 행동을 보고 그 사람을 판단하게 된다. 때문에 간혹 택시를 타다 보면 기사님의 말이나 태도에서 '어찌 이런 분이 이런 일을 하실까?' 하는 생각을 할 때도 있다. 이른바 사회 지도층 인사라는 사람들의 일탈에 대해 가혹한 비판을 하는 것도 그들에 대한 가치가 다르게 때문이다. 하지만 품위나 품격은 학벌이나 집안, 직업에 따라 생겨나는 것이 아니다. 본인의 사고(思考)와 노력에 의해 만들어지고 배어나오는 것이다. 그러므로 사회 지도층이 아니더라도 품위 있는 사람이 될 수 있어 고상한 생각, 품격 있는 행동으로 자신의 삶을 일류로 만들어가야 한다.

여덟째, 겸손한 마음이다. 사람은 누구나 남에게 인정받고 싶어 한다. 자신을 좀 알아줬으면 하는 생각이 강하기 때문에 자신을 미화하고 과장한다. 사전에서는 겸손을 '남을 존중하고 자기를 내세우지 않는 태도'라고 정의한다. 크게 어렵지 않아 보이지만, 이게 그렇게 어렵다. '웨이터 법칙'이란 것이 있다. 식당 종업원을 함부로 대하는 사람과는 사업을 논하지 말라는 것이다. 미국 기업 최고 경영자(CEO)들이 '웨이터 법칙'을 신보하는 경우가 많다고 미 일간지 『USA 투데이』가 전했다.

30년 전, 문구 종합 판매체인 '오피스 디포'의 CEO 스티브 오들랜드가 프랑스 식당에서 웨이터로 일할 때 일이다. 서빙을 하던 그는 한 부인의 드레스에 보랏빛 셔벗을 쏟고 말았다. 그가 '이제 난 끝장이다.'라고 생각한 순간, 부인은 "괜찮아요. 당신 실수가 아닌걸요."라고 했다. 그는 이때 '웨이터를 대하는 법을 보면 그 사람의 많은 것을 알 수 있다.'라는 교훈을 얻었다고 한다.

또 고급 샌드위치 체인 '오 봉팽'의 공동 창업자였던 론 샤이치는 "회사 법률 고문직 모집에 원서를 낸 여성과 식사를 하다가 그녀가 식당 종업원에게 놀랄 만큼 무례한 것을 보고 채용을 단념했다."라고 했다. CEO들은 실수한 웨이터에게 "이 식당을 사서, 널 당장 해고하겠다."라거나 "여기 사장이 내가 아는 사람인데….."라고 '힘자랑'을 하는 이들을 사업 파트너로서는 '부적격하다'는 판단을 내린다는 것이다. 이 법칙은 호텔 종업원, 보안 요원 등 다른 하급 직원에게도 해당된다고 CEO들은 말한다.

은퇴 후의 3모작

은퇴 후 단순 재취업 등을 '2모작'이라고 한다면 '3모작'은 자신만의 새로운 직업을 만들었다는 뜻이다. 그래서 쉽게 접할 수 있는 정부의 노인 일자리에 지원하기보다는 조금 더 오래 고민하더라도 경력과 취미, 특기를 살린 일자리를 찾고 만들어가는 것이 좋다. 나이 들어서 새 일자리를 찾는 건 큰 노력이 필요하지만, 그만큼 값진 일자리와 보람이 될 수 있다. 당장 눈앞에 있는 일자리보다는 10년, 20년 이상 활동할 수 있는 일을 찾아보길 권하고 싶다.

정부가 노인을 위해 공공 단기 일자리를 만들었다고 생색낼 수 있겠지만, 그런 일자리가 결코 좋은 일자리는 아니다. 한 달 27만 원짜리 어린이 놀이터 지키기, 담배꽁초 줍기 등의 일자리 44만여 개를 만들고 '노인 일자리를 늘리고 있다'고 광고하는 정부에 의지하지 않고 노인들을 허드렛일하는 사람들 취급하는 일자리는 정중히 사양하면 좋겠지만, 이도 저도 뜻대로 안 되는 노인들은 알아서 해야 할 것이다.

인생 1모작과 2모작을 취업과 재취업이라고 표현한다면 요즘은 스스로 새로운 직업을 만들어 인생 3모작을 꾸리는 은퇴자들이 많아야 하겠다. 나의 경우만 보더라도 60세 이전까지는 음악의 음자도 모르던 내가 공부와 노력으로 마술은 제쳐놓고 지금은 하모니카, 장구, 기타, 저글링, 책 쓰기, 아코디언 연주를 해서 남을 기쁘게 해주고, 이제는 다시 색소폰에도 도전을 한다. 남들은 이 모든 것이 무리라고 생각할지 모르나 전혀 그렇지 않다. 이유는 음악이란 축을 중심에 놓고 이론을 공부하고 다른 악기는 그 악기에 맞게 꾸준한 연습을 하면 제각기 다 다룰 수 있다. 문제는 어렵다고 포기만 안 하면 되는데, 가만히 보면 중간에 포기하는 사람들이 많다. 핑계는 바빠서, 시간이 안 돼서, 아니면 어려워서 등등 이유야 많겠지만, 일단 배우고자 하는 것이 재미있어서 애착을 갖고 자꾸 해보려고 하는 마음이 솟구쳐야 어려운 고비도 넘기고, 정복할 수 있다.

내 꿈은 지역에 있는 노인들과 장애인들에게 언제나 상설 무대를 만들어 가수들의 노래와 악기 연주로 공연을 해서 즐거움을 드리려는 사명감을 가지고, 오늘도 기획하고 매일매일 한 발자국씩을 뛰고 있다. 그래서 이 계획은 빠르면 2020년 내년에는 하고 싶은 무대의 막을 올릴 것이다.

한국치매예방연구소 소장, 자신감사관학교 교장,
한실협 홍보대사, 마술 하모니카강사
강연문의: 010 6255 1953 장두식